河出文庫

ON THE WAY COMEDY

道草

平田家の人々篇

木皿　泉

kawade bunko

河出書房新社

ON THE WAY COMEDY 道草 オン・ザ・ウェイ・コメディ ミチクサ

道草

平田家の人々篇

目次
contents

ON THE WAY COMEDY オン・ザ・ウェイ・コメディ ミチクサ

道草

平田家の人々篇

タイトルロゴ　くどう道絵
本文デザイン　坂野公一（welle design）

ON THE WAY COMEDY 道草《オン・ザ・ウェイ・コメディ》ミチクサ

道草

平田家の人々篇

前口上

てなわけで木皿泉です。

「ON THE WAY COMEDY 道草」というのは、月曜から木曜の夕方にラジオで流れていたミニドラマでありまして、舞台は車の中という制約だけで、我等が名優、西村雅彦《にしむらまさひこ》氏が週替わりにゲストをむかえ、シチュエーションを変えてお話が展開するという趣向でございました。その中の平田家《ひらたけ》が起こす騒動をまとめたものが本書でございます。

思えば、隠れたところで、コソコソこんな仕事をしております。一匹のゴキブリをみつけたら、その背後に三十匹はいると申しますが、木皿泉もゴキブリのような雌伏期《しふくき》がございました。いつ果てるともしれぬ、あたかもアラビアンナイトか今昔物語のような話を、よくもかようにでっち上げたものだと、驚かされます。

さて、家庭裁判所というものがあります。子どもの頃、この言葉が謎でございました。

「家庭」が裁かれる。意味深です。誰が告訴して、被告は誰なのか。大人になった今ではよぉくわかります。家庭はミステリアスなもの。どんな家族にも秘密と嘘があると。それをモトに、我々のような者が商売しているのでございます。

家族は、いつか裁かれるのでしょうか。世の中はどんどん便利で軽くなるというのに、家族だけはいつまでも不便で重っ苦しいままで、いつの日か地上から消え去ってしまうのでしょう。そうなると、我々がよく知っている、ホームドラマの登場人物のような、すべって転んで泣いたり笑ったりしている人類もまた消え去ってしまうのでしょうか。けだし、家族とともに地上から消え去った人類へのオマージュを焚き火の前で語りあっている、ゴキブリたちの千夜一夜物語というところでしょうか。

この頁のあと、天然記念物的ホームドラマ、平田家のお話が始まります。

「時には母のない子のように」

◉第一話『千羽鶴』

平田小吉（父親）　四十三歳……会社員
平田　歩（娘）　十四歳……中三

エンジンをかける音。

小吉（モノローグ）「子どもと会話してます？　いや、女房が急に入院しちゃって、娘とダイレクトに、話さなきゃなんなくなっちゃいましてね——中学三年生の女の子なんて、あなた、宇宙人ですよ。エイリアン。第3種接近遭遇。ま、向こうもそう思ってるかもしれませんけどね」

カーラジオから流れる番組。

小　吉「あ、メシ食ってなかったな、オレ達」

小歩「――」
吉「そうだよ。食ってないよ。病院でメロンパン食べたきりだよ。なぁ」
小歩「――」
吉「おい、はずせよ、耳」
小歩「――」
吉「おいッ！」
小歩「耳は、はずれないもん」
吉「イヤホーンをはずしなさいって言ってるの」
小歩「耳って言ったじゃん、耳をはずしなさいって」
吉「はいはい言いました。すみません――あやまったぞ。あやまったからな――イヤホーンをはずしなさい」
小歩「イヤホーンだって」
吉「ったく――何聴いてんだよ（イヤホンを取って自分で聞く）ちょっと貸しなさい」
小歩「あぶないよ。運転に集中してよ」
吉「なんだ、ラジオ聴いてたの？　なんだなんだ。今やってるのと同じ番組じゃないの。なんでイヤホーンで聴くの？　同じ車の中にいるのにさ。なんでそんな閉鎖的なことするんだ？」

小　歩「自由でしょ」
歩　吉「そりゃ、自由だけどぉ（ちょっと改まって）父さん、そういう、自由？　ちょっと淋しいと思うな」
小　歩「淋しいって、何が？」
歩　吉「同じ家族なんだぜ。分かち合おうよ。じゃないと、淋しいでしょうが」
小　歩「分かち合うって、何を？」
歩　吉「だから——喜びとか、悲しみとか」
小　歩「じゃあ言うけど——私も淋しいと思った。今日。（強調）ものすごく」
歩　吉「お母さん、入院したからだろう。そりゃあ、淋しいさ。トトロと同じ設定だもん。歩、好きだったよな、トトロ」
小　歩「私が淋しかったのは、千羽鶴」
歩　吉「千羽鶴って——オレがもってったヤツ？　アレ、お母さん、喜んでたよなぁ。花より効くんだな。『私、本物の千羽鶴見るの初めて』とか言っちゃってさ。正解だよな千羽鶴——」
小　歩「あの千羽鶴さ、本当は、買ったんでしょ？」
歩　吉「な、何、言ってんの？　千羽鶴なんて売ってないよぉ。ありゃ、作るもんなんだよ。祈りをこめて、一羽一羽」
小　歩「私、見たんだもん。千羽鶴キット。パソコンの裏ンとこに隠してたの」

小吉「え？　ウソ！　見たの？　アレは、あれだ。オレがコツコツ作ってためた、千羽鶴で――」
歩「バーコードついてた。袋に」
小吉「あ、バーコード」
歩「それに、メイド・イン・タイランドって書いてた」
小吉「（感心）タイで作ってたのかぁ」
歩「作り方の説明書もついてたし」
小吉「でもね、オレも折ったんだよ。十羽。キットはね、九百九十羽分しかないの。九百九十羽はタイの人が折ったんだけど十羽は、自分で折らなきゃダメなんだ。そういうコンセプトなわけ」
歩「いくら？」
小吉「糸を通す時に、祈りを込めてね。配色とか、各自のオリジナリティがものを言うわけよ」
歩「だから、いくらしたの？　その千羽鶴キット」
小吉「――一万二千円」
歩「たかーい」
小吉「いや、一羽一羽手作りだぜ。値打ちあると思うよ」
歩「高いよ。お母さんだったら、絶対、高いって言うよ。売ってるの見たら激怒

小吉「──言うなよ、お母さんに」

　する」

歩「言えないよ──だって、お父さん、友達がいないってことでしょう?」

小吉「なんで、そーなるの?」

歩「フッー、友達とかに頼むんだよ。お父さん、友達いないからお金で買ったん

　でしょ」

小吉「いるさ。いるよ。いるけど、忙しいのよ。皆、仕事で」

歩「仕事で忙しくて、喜びも悲しみも分かち合えないってことか」

小吉「あのな」

歩「違うの?」

小吉「キツイこと言うよなぁ──(自棄《やけ》)そうだよ。その通りなんだよ。友達なん

　か一人もいないんだよぉ。だからお金で買いましたッ」

歩「けど、お母さんのためには、一万二千円は惜しくないんだ?」

小吉「真心を金で買うような男っていいたいんだろう」

歩「そんなに、しょげることないよ。お母さんだって、同じことしてるもん」

小吉「え? 何の話?」

歩「クリスマスに、手編みのセーター貰ったでしょう? お母さんから」

小吉「おお、アレは、感激したよなぁ」

歩　「アレさ、お母さんの手編みじゃないんだよ。インターネットで買ったの」
小吉「うそッ！　だって、イニシャルが」
歩　「そういうオプション付きのヤツ」
小吉「えー、買ったのかぁ」
歩　「お母さん、編み物、ダメだもん」
小吉「本当に？　――結婚前、得意だって――あいつウソついてたんだ」
歩　「嫌われたくなかったんじゃない？」
小吉「そうか――」
歩　「傷ついた？」
小吉「――いや、意外と健気だなと」
歩　「愛だね」
小吉「そうさ。愛さ――よぉし、今日から、千羽鶴、折るぞ。で、千羽折り上がったらそぉっと買ったヤツとすり替える。うん。そうする。それがせめてものオレの誠意」
歩　「フフフ」
小吉「なんで、オレの誠意を笑うんだ？」
歩　「お母さんも同じこと言ってたから。いつか、自分でちゃんと編んで、買ったやつとすり替えるって」

小吉「本当？」

歩「似た者夫婦だね」

小吉「（嬉しい）そっか。いつか本物になるんだ。あのセーター」

歩「先の話よ。二十年先か、三十年先か」

小吉「うんうん。おれも、それぐらいかけたら千羽ぐらい折れそうだな」

歩「気の長い夫婦。付き合いきれないわよ」

「時には母のない子のように」

◉第二話　『兄弟げんか』

平田小吉（父親）　四十三歳……会社員
平田　歩（娘）　十四歳……中三

エンジンをかける音。

小吉（モノローグ）「女房が入院してしまいましてね。女手がなくて困ってるだろうと、姉がやってきたのはいいんですが――やっちゃいましたよ。え？　ケンカですよケンカ！　三十年ぶりの兄弟ゲンカ――原因はですね――昔とあんまり、変わってないんだなぁこれが」

カーラジオから流れる番組。

歩「お父さん、高速乗っちゃって、どこ行くつもり？」

小吉「なんで、ついてきたんだよ」
歩「だって、気まずいじゃない。あのまま家に残ってるのってさ」
小吉「自分の部屋にいれば、いいんだよ」
歩「伯母さん、部屋に入ってきて、お父さんのグチ、延々、聞かせるんだもん。
　前も、そーだった」
小吉「そーゆー、押しつけがましい女なんだよ！　姉貴はさ！」
歩「でも、あれが兄弟ゲンカなんだ。私、知らないからさ、兄弟ゲンカ」
小吉「知らなくていいよ、あんなもん」
歩「迫力だよねぇ」
小吉「（ちょっと自慢）まぁ、昔は、もっとすさまじかったかな」
歩「言わないよねぇ、フツー、あそこまではさ。人間関係壊れるよ」
小吉「あそこまでって？」
歩「おばあちゃんは、お父さんを生むつもりは、なかったっていう話」
小吉「そんなこと言ってたのか！」
歩「聞いてなかったの？」
小吉「人が知らないと思って、いいかげんなことばっかり言うんだよ、あの女は」
歩「何が原因なのよ？」
小吉「知らないよ。急に向こうが怒りだしたんだよ」

歩 「なんで?」
小吉 「うちに茶碗がないって――家では、ご飯を皿に入れて食べてるじゃない?」
歩 「そうなんだよね――私も最近知ったんだよ。ご飯には茶碗だって」
小吉 「その家には、その家のルールってもんがあるだろう?」
歩 「でも、皆、すごくびっくりするよ、家の話すると」
小吉 「個性だよ、それは、家の――斉藤ンちなんか、もっと凄いぞ。うどんを切って皿に入れてスプーンですくって食べンだぞ――一家が全員そーなんだぞ。それに比べりゃ、皿でメシ食うぐらい」
歩 「伯母さんは、お皿にご飯を入れるのが耐えられなかったんだ」
小吉 「堕落してしまったとか、平田家の恥だとか、なーにが恥だよぉ。自分の顔の方がよっぽど恥だっつーの」
歩 「お父さん、人のこと言えないよ。今、目茶苦茶、汚い顔してる」
小吉 「人の家に土足で上がってくるよーなこと、しやがってよ」
歩 「でも、親切で来てくれたんだしさ」
小吉 「自己顕示欲なの、あれは」
歩 「ここ、どこらへんなんだろう?」
小吉 「知らねぇよ」
歩 「子どもだよね――ケンカして飛び出すなんてさ」

電話が鳴る。

歩　「きっと、伯母さんからだよ」
小吉「お前、出ろよ」
歩　「ヤだよ」
小吉「お父さんは、運転中で危ないから」
歩　「(出る)はい——あ——うん。今？　今はお父さんと二人で放浪してる——ん」
小吉「同じ空気吸いたくないんだって、言ってくれ」
歩　「ん、大丈夫」
小吉「大丈夫じゃない。言えよ。(叫ぶ)同じ空気を吸いたくないんだよ、あんたとはさ！」
歩　「ん——何でもない」
小吉「何でもなくはない。同じ空気を吸いたくないから、車を走らせてるんだ！」
歩　「ん、じゃあ、また(切る)」
小吉「なんで、ちゃんと、お父さんの伝言を伝えないんだよぉ」
歩　「今のお母さんから」
小吉「へ？　お母さんからだったの——ウソ」
歩　「そんなに同じ空気吸いたくないなら切るって」

小吉「うそ！　なんで、説明してくれなかったんだよぉ。誤解だよ誤解。電話だ。電話して、まず謝らないと」

歩「詰所に電話して呼び出してもらわなきゃ、通じないよ」

小吉「あ、そーか。そうだな。緊急の時だけにしてくれって言ってたな——でも、これって緊急だと思わないか？」

歩「明日謝れば」

小吉「んー。あー、オレ、本当に放浪したいッ！　本当に家なんかに帰りたくない」

歩「見て、すごい夕焼け！」

小吉「んーそうだね」

電話の呼び出し音。

小吉「あ、お母さんからだ。おれ出る」

歩「危ないよ。私が出るって」

小吉「緊急事態だからさ（電話に出る）もしもし——いや、ごめん。本当にごめん。本気じゃなかったんだ——え、あ、姉貴？　姉貴なの？　あー、アイツの携帯からかけてんだ。そうか、入院してるから、携帯は家にあるんだ。うん。いや、オレもさ、カッとしてさ——うんうん。いやいや。え、今何してんの？　うん、掃除して——電気の傘も拭いて、ふんふん蛇口も磨いて、もう拭くところがないから、一人でテレビ見てるの——あ、そうか。え？　メシ？　もちろんよ——うんうん（歩に）マッタケご飯たけたから、早く帰ってこいってさ——うん、言っとくけど、オレは、マッタケご飯、皿で食べるからね——わかってる？　そう、ははは、それはお互い様だよ——あ、姉貴んとこから、夕焼け見える？　すごくキレイだよ。なんか民主主義って感じ。うん、見て見て、ねっ、すごいだろ？　ん、じゃあ、帰るわ。うん（切る）家からも夕焼けキレイに見えるって」

歩「帰るんだ」

小吉「ん、まぁ、そういうわけだ」

歩「兄弟ゲンカって——こんなふうに終わるんだね」

小吉「ん？　こんなふうって？」

歩「唐突にさ」

小吉「家族って、そんなもんじゃないの？」

歩「ふーん。そーゆーもんですか——あ、あそこの家、今、電気ついた！」

小吉「そろそろ夕めし時だからな」

歩「これだけ家があったらさ、どこか、三人で、お皿にご飯入れて食べてる家もあるかもしんないね」

小吉「一人で夕焼け見てる家もあるさ」

小歩「病院の窓から見てる人もいるんだね」
吉「カラスが鳴くから帰ろうぜ」
小歩「うん――お父さん！　次の出口、まだずーっと先みたいよ」
吉「うそッ！　あ〜〜マッタケご飯がぁ」

◉第三話『オトコノコ』

平田小吉（父親）四十三歳……会社員
平田　歩（娘）十四歳……中三

エンジンをかける音。

小吉（モノローグ）「女房が入院しちまって今は、娘と二人暮らし。女の子ってなんか面倒で、時々、コイツが息子だったらなぁなんて――いや、でも同じか？　同じだよなぁ、きっと」

カーラジオから流れる番組。

小　吉「オーイ、遅れるぞ！　――ったく！　学校休むつもりかよ」

歩（オフ）「お待たせ！」

小吉「ウワッ！　なんでガクラン着てんだよ」

歩「ウッス！」

小吉「ウッスじゃねーよ。どうしたんだよ、その学生服」

歩「早く出して。学校遅れる」

小吉「(車を出す) あれか？　文化祭かなんかで、劇するのか？　それの扮装か」

歩「飽きたから交換したんだよ」

小吉「誰と」

歩「コンドー君と」

小吉「じゃあ、コンドー君、今日はセーラー服か」

歩「アヤツが、一度着てみたいっつーからさ。貸してやったのさ」

小吉「親、びっくりしてるぞ」

歩「うん、旅行に出かけてるからチャンスだって。アヤツも一応、親に気をつかってるのさ」

小吉「お前も気遣えよ、親に」

歩「だから、お母さんが入院してる時、ねらったんじゃないのさ」

小吉「オレにも気を遣えよ。親だぜ、オレ」

歩「お母さんは女だからユーモアがわかんないのよ。その点、お父さんは、男だしわかるじゃない。シャレっつーものがさ」

小吉「そりゃあ、フツーの男より、わかる方だろうな」
歩「じゃあ、会社でも人気者なんだ」
小吉「まぁな──知ってる? UFOは夜しか飛ばないんだよ──エンバンワ(今晩は)ふふ。ね。エンバンワ」
歩「──」
小吉「はははは。ちょっと、にぶったかもしれないな。年とっちゃって──こーゆーのはセンスだから。でもオリジナルよ。テレビとかのパクリじゃないさ」
歩「テレビって意外とレベル高いんだね」
小吉「どういう意味だ」
歩「そうだ。写真(鞄から取り出す)」
小吉「ええ。何? 撮るの?」
歩「今、信号で止まってるから、撮って」
小吉「オレが撮るの?」
歩「記念に。学生服着てるとこをさ」
小吉「ああ、そういうことね──(撮る)はいチーズ──なんでそんな怖い顔するの」
歩「男らしい顔してみました」
小吉「ケッ、男が、まるでわかってないね」

歩「何よ。男って」
小吉「男ってものはさぁ――つまり――えーっと。だから、男っていうのはさぁ」
歩「例えば、車の中に、芳香剤とか、ティッシュとか家庭的なものを持ち込まないというようなこと？」
小吉「よくわかったな。そうなんだ。車の中を家庭の延長みたいにしてるヤツいるじゃない。あーゆーのかっこ悪いよな。男の車っつーのは、エアコンすら、あえてつけない？　それが男の美学！」
歩「それで、お母さんが作ったクッションとか、車から出したんだ」
小吉「あッ――」
歩「お母さんが入院しているのをいいことに、男の美学してるわけだ」
小吉「いや、そういうわけじゃなくて――」
歩「あれは、不器用なお母さんの、最初で最後の手作り作品なのに」
小吉「わかっとります。重々承知しております――たまには、ほら、洗濯とかしようと思ってさ」
歩「お母さんの留守ねらってるよね――親の留守中にセーラー服着るコンドー君と同じじゃないの」
小吉「違う。全然違う」
歩「そういや、最近、車のカタログ集めたりしてるし」

小　吉「あッ――」
歩　　「お母さんの留守の間に、買い換えるつもりなんだ」
小　吉「いや、夢よ夢。夢のまた夢。まぁ、若い頃からの夢は、ジャグアなんだけどさ――みんなジャガーって言うけどさ。正しくはジャグアね」
歩　　「ジャグア？」
小　吉「そうそう――イギリスの有名な車よ。例えばイヤな男がいたとするだろう。でもそんな男でもジャグアに乗っていれば女達は許してくれるんだよ。つまり、そういう車なんだなぁ」
歩　　「ふーん。それ、いつ頃の話？」
小　吉「普遍的な話さ」
歩　　「そんな女どもは、もうとっくに死滅しちゃったんじゃないの」
小　吉「いやいや、そんなことはない。いい車を見ると、思わず『私をスキーに連れてって』とか言っちゃうもんなんだよ」
歩　　「ジャガーで野沢温泉とか行っちゃうんだ、女の子と――かっこ悪い」
小　吉「イヤ、だから、例えばの話」
歩　　「お父さんがさ、そのジャグアとやらを買ってだね、洗車する時どーするの？」
小　吉「どーするって、いつも通り洗うさ」
歩　　「コイン洗車行って、自分で洗うの？　それってかっこ悪くない？」

小吉「そうだな。コイン洗車はないよな」
歩「駐車場どーする？　今んとこ、下はジャリだし、屋根もないんだよ」
小吉「屋根は欲しいよな。屋根は――あっ、あの米屋が今度作ったシャッター付き駐車場、鍵かかるし。アレにしよう」
歩「多分、お父さんのお小遣いと同じぐらい取るよ、あそこなら」
小吉「――なんで、そんなシビアな話になるんだよぉ」
歩「あ、ここでいい。学校にばれるとヤバイから」
小吉「(車を止める) その恰好で登校するのはマズくないのか」
歩「いちいち生徒の顔なんか見てないって先生は」
小吉「どっか、間違ってるぞ」
歩「この車でいいんじゃない。こーゆーの身分相応っていうんでしょ？」
小吉「ふん」
歩「私、好きだよ。お父さんが選んだこの車」
小吉「ま、妥協した結果だがね」
歩「さっきの写真、現像、出しておいてくれる？」
小吉「おお、わかった」
歩「その写真、病院のお母さんに見せない方がいいよ」
小吉「けけけ、ガクランで登校したの、さすがに気がとがめてやんの」

歩　「違うよ。クッションがないの、ばれるかもしんないからね」

小吉　「あ――そーゆーこと。今日帰ったら、クッション戻しておく。お前、言うなよ」

歩　「（ドアの開閉）言わない。言わない」

小吉　「顔、伏せてゆけ！　顔！　歩き方、もっと男っぽく！」

歩（オフ）「男の約束だね！」

小吉　「（ひとり言）なーにが、男の約束だ。お前なんかに、男の夢がわかってたまるかぁ。――（車を出す）男っていうのはなぁ――おっ、今なら半額かぁ――昼メシ、ホット・ドッグにするか」

「時には母のない子のように」

◉第四話『御縁』

平田小吉（父親）　四十三歳……会社員
平田　歩（娘）　十四歳……中三

エンジンをかける音。

小吉（モノローグ）「女房が入院しちまって娘と二人、どうなるものかと思ってましたが、これが、けっこう生活出来るから不思議です。まぁ、もっとも、抜け毛が増えたりしましたが――」

ラジオから流れる番組。

小犬「（吠える）」

小吉「うわっ、オレに近づけるなって、言ってるだろ」

小歩「（犬に）ほら、ダメだって」
吉「オレ、イヌ、ダメだって言ってるだろうが——わぁッ、ヨダレが。あぁ〜シートが。オレ、絶対、買い換える。車」
歩「あとで拭いとく」
小吉「なんで、家で飼えないの知ってて拾ってくるのぉ——もぉー」
歩「濡れてたんだよ。雨で」
小吉「だからって——」
歩「目が合ったし——」
小吉「無視すりゃいいだろ。犬なんだから」
歩「犬だから、無視できなかったんじゃない」
小吉「なんだ、そりゃあ」
歩「名前つけなきゃねぇ」
小吉「捨てるのに名前なんかつけるか？」
歩「捨てない。誰かにもらってもらうの」
小吉「そんなこと言いながら、もう二軒も断られてるじゃないの——諦めたら」
歩「諦めるって？」
小吉「保健所で処分してもらうとか」
歩「そんなこと言うかなぁ」

小吉「何が？」
歩「古新聞みたいにさぁ。処分なんてさ」
小吉「フツーそう言うだろ。野良犬を処分する——他に何て言う？」
歩「オキュート」
小吉「(焦り)え？　オキュート？　何だそりゃ？　流行語か？　いつから？　オッキュートッ！　あッ、英語か？」
歩「犬の名前。オキュート。どう？」
小吉「あっ、名前かぁ。犬の名前ね」
歩「おばあちゃん、好きだったじゃない。オキュート」
小吉「よく覚えてるなぁ。そうだよ。オフクロ、オキュートが好物だったよな」
歩「このコ、おばあちゃんに、ちょっと似てるしさ」
小吉「えッ？　似てるか？」
歩「あぶないって、わき見運転しないでよぉ」
小吉「そういや、鼻の感じ、面影あるなぁ」
歩「おばあちゃんに似てるのに、保健所に連れてゆくんだよねぇ。親不孝だよね」
小吉「イヤなこと言うなよ。関係ないだろ」
犬「(ゼエゼエ)」

歩「ほら、オキュートもそうだ、まったくだ。って言ってる」

小吉「意味ないよ、名前なんかつけてもさ——貰った人も別の名前つけるだろうしどーせ五時間ほどの名前だったりするんだ——あッ！」

歩「何？」

小吉「あそうか。そうだよ」

歩「忘れ物？」

小吉「いや、今ね、突然、思い出した。シンクロニシティだ。オレにね、本当は、お兄さんがいたんだ」

歩「初めて聞いた」

小吉「いや、生まれて五時間で死んじゃったのよ。皆は、出生届出すことないって言ったんだけど、まぁ田舎の話だし、昔のことだからね——オフクロが、名前つけてやりたいって——大吉って、つけたのさ」

歩「お父さん、それで小吉なんだ」

小吉「そうよ。オレも忘れてたよ——でも、オフクロ、正解だったよな。名前つけなきゃ、こうして思い出すこともなかったもんなぁ、兄貴のこと——へへ、兄貴だって、会ったこともないのにさ」

歩「五時間の人生もあるんだね——私さぁ——なんで、お父さんのところに生まれてきたのかなぁ」

小吉「は？　――それは――え？　なんでって、つまり、メシベとオシベがあるだろう。それがパッとだな、つまりパッとめでたく――どーなるんだ？」
歩「そういう性教育的な話じゃなくさ。なんでお父さんのところなのかなって」
小吉「イヤなのか？」
歩「そういう話じゃなくて」
小吉「それって、答えあるの？　何？　心理テストの一種か？」
歩「おばあちゃんにも同じこと聞いたけどすぐ答えてくれたよ」
小吉「オフクロ、何て答えたんだ？」
歩「あ、コンドー君チ、この辺。次の信号を右」
小吉「お、右な――コンドー君、もらってくれそうなのか？　オキュート」
歩「電話では、いい感じだったけど――コンビニがあるから――そこ。止めて」
車、止まる。
歩、出てゆく。ドアの開閉の音。
小吉「おい、オキュート置いてゆくのかよ」
歩（オフ）「すぐ戻るから」
犬「（くしゃみ）」
小吉「犬のくせに風邪か？　そっか、雨に濡れてたって言ってたな。エアコンつけてやろーか？　なッ。（エアコンをつける）そーいや、オレも女房と初めて

会った時、雨に濡れてヨレヨレの恰好だったんだよなぁ――（驚き）お前
――横顔もオフクロに似てるよなぁ――ってことはオレにも似てるってこと
か？」
ドアが開く。
小吉「おッ、どーだった？」
歩「ん、メスはいらないって」
小吉「オキュート、メスか？」
歩「誰も欲しがってくれないんだよね」
小吉「続きは明日にするか？　な」
歩「ん――」
小吉「オフクロ、何て言ったんだ？」
歩「何が？」
小吉「さっきの話さ。なんでお父さんのところに生まれたかって」
歩「ああ、ご縁だって」
小吉「ゴエン？」
歩「せっかく、ご縁があったんだから、仲良く、楽しく、励まし合って、一緒に
生きてゆきなさいって」
小吉「そっか――そんなこと言ったのか。オフクロ」

歩「カナコんとこは、マンションだしな。あー、限界！　もう、知り合いがない！」
小吉「そっか、オフクロがねぇ。そんなことをねぇ」
歩「五時間だけの名前かぁ」
小吉「オキュートって、元々、人を助けるっていう意味なんだよなぁ」
歩「へー、そーなんだ」
小吉「——家《うち》で飼うか？」
歩「え、いいの？　だって、犬ダメだって」
小吉「これだけオフクロに似てるんだぜ。お母さんに見せてやりたいじゃん」
歩「お母さんが家に帰ってきたら、まず、オキュートが笑いを取るよ、きっと」
小吉「で、そん次に、オレの作ったシチューが登場するわけよ」
歩「で、私のプリンでしめる」
小吉「明日、コイツ、洗っちゃおうぜ。お母さん、退院してくる前にさ」
歩「家族、急に増えるよなぁ」
小吉「帰るか（エンジンをかける）」
歩「オキュート、お家《うち》に帰るんだよ——お父さん、道、わかる？」
小吉「帰り道は迷わないさ」

「もういくつ寝ると」

◉第一話『大晦日』

平田小吉（父親）四十四歳……会社員
平田小麦（母親）四十四歳……主婦
平田　歩（娘）十四歳……中三

西　村「西村雅彦です。いよいよ押し詰まって来ましたが、今頃になって、なぜか、完全主義者になる人がいますねぇ。『オセチ、ＯＫ！　蕎麦は？　完璧！　本物のワサビ！　高級志向！　犬も散髪に連れてった？　犬ちの頭、合格！　諸々よろしければ、神社にレッツゴー！』早々と出かけたまではいいが、慣れない和服で、首筋が寒くって、除夜の鐘の前に帰って来ちゃって、初詣にならなかったりして——」

車の中。

小麦「年の暮れ——うーん。年の暮れ」
小吉「もう、全部買った？　忘れ物ない？」
小麦「うん、お飾りも買ったし。ドッグフードも買った、年の暮れ——字余り」
小吉「何だよ、さっきから、年の暮れって」
小麦「歩のね、冬休みの宿題。俳句を、つくらなきゃいけないんだって」
小吉「テーマは、年の暮れなの？」
小麦「何かいいのない？」
小吉「急に言われてもなぁ——『数の子は、やっぱり高いぞ年の暮れ』どう？」
小麦「中学生のセンスじゃないわよねぇ」
小吉「『昨年も食べなかったぞ数の子は』——おい、見ろよ、さすが大晦日だな、巫女《みこ》さんが走ってるよ」

小麦「あら——あれ、歩じゃない？」
小吉「え？　——あ、そっか、今日から巫女さんのバイトするって言ってたな」
小麦「何してんのかしら、あの子」
小吉「おーい！　歩！　何してんだ、お前（車を止める）」
歩「（息を切らしてる）お父さん？　——ちょうど良かった、乗せて」
小吉「うわッ！　本物の巫女さんだぁ。（ドアの開閉。発車）似合うなぁ、お前」
小麦「あんた、いいの？　こんな恰好で外、出ても」

歩　「ダメ。禁止されてる。神社から出るのも、買い食いも、絶対ダメだって——」
小麦「怒られるじゃない、見つかったら」
小吉「そうだよ。勤務中なんだろ」
歩　「一応、休憩なんだけど、非常事態っつーか」
小吉「何だよ、おだやかじゃないなぁ」
小麦「どこ行くつもりだったのよ？」
歩　「市民病院の向かいの花屋さん」
小吉「花屋さんに何の用なの？」
歩　「うん——（言いよどむ）」
小吉「何だよ、言えないことなのか？」
歩　「説明しても、所詮、凡人にはわからないと思うし」
小吉「何が、凡人だ。親に向かって」
歩　「私、神社のミス弁天に選ばれたじゃない。（怪談風）いわば、弁天様の申し子の立場なの～」
小吉「怖がらせるなよ。親を」
歩　「申し子であるならば、永遠に独り身でいなければならないの～。もし男を好きになったりすれば——」
小吉「（怯え）どうなるんだぁ」

小麦「（あっさり）ああ。弁天様の嫉妬の怒りにふれて、ミス弁天が好きになった男の子に災難がふりかかるって話。でしょ？」
歩「お母さん知ってたの？」
小麦「だって、私も、その昔、ミス弁天に選ばれた人だもん」
小吉「あん時は、大騒ぎだったよなぁ、俺らのクラスからミス弁天が出たって」
歩「じゃあさ、そん時さ、好きだった男の子に何かあった？」
小吉「ないよ。オレ、ピンピンしてたもん」
小麦「あったわねぇ――」
小吉「え？　あったの？」
小麦「相手の男の子、原因不明の高熱で三日ほど寝込んじゃってねぇ」
小吉「それ、誰よ。誰の話よ」
小麦「内橋君。内橋産婦人科の息子さん」
小吉「ウソ！　あの内橋？　あんなキザッたらしい、大きな顔が好きだったのか？　趣味悪いぞ、お前」
歩「で、その子、死んじゃったの？」
小吉「死ぬわけないだろ。ツヤツヤしてるよぉ。この間、病院建て替えてさ。絶対、医療費、水増ししてるよな、アイツ」
歩「でも、やっぱり、あるんだタタリ」

小吉「お前、花屋のヤツと付き合ってるのか？」
歩「付き合ってないよ」
小麦「じゃあ、片思い？」
歩「もういいよ――なんでこうなるの。もう最悪」
小吉「真面目なお付き合いなんだろうな」
歩「だから、付き合ってないって、やだなぁ」
小麦「じゃあ、やっぱり片思い」
歩「ってゆうか、もっとレベル、下。もしかしたら、私、好きかもしれないって、
そんな感じ？」
小吉「なんだ、その程度か」
歩「その程度でも、タタリ、あるかもしれないでしょ？　私もさ、最初はバカバカしいって思ってたんだけど、だんだん、心配になってきてさ――」
小麦「ケイタイかけてみたら？」
歩「その花屋さん、携帯禁止みたいなんだよね」
小吉「で、会ってどうするんだ？」
歩「え？　――あ、考えてなかった」
小吉「タタリに気をつけてねって言うのもヘンじゃないか？」
歩「そうか――そうだよね」

小麦「車、混んできたわね」
小吉「この道出るまで、ちょっと動きそうにないなぁ」
歩「ねえ、走った方が早い？」
小吉「まぁ、待て。せわしないヤツだな」
歩「私、ここでいいや。あと、走る」
小吉「だから、行ってどうするの？」
歩「うん。取りあえず、アイツの顔みたら安心すると思うから（出る）」
小吉「帰りひろってやるから、この道通るんだぞ」
歩（オフ）「わかった」
小吉「そうか、好きなヤツが出来たか。あの歩がなぁ——今年の、うちのトップニュースだよなぁ——あ〜あ、あんな、つんのめって走っちゃって——一途だねぇ」
小麦「あら、豆福さん寄るの忘れてたわ」
小吉「えッ、モチ買ってないの？」
小麦「ゴメン。あそこのお餅人気あるから、もう売り切れてるわね、きっと」
小吉「えー、えー、オレ、ヤだよ。正月なんだぜ、あそこの餅じゃないと、絶対ヤだからね——運転、代わって。オレ、走って買いに行ってくるからさ」
小麦「え？　走るの？　けっこうあるわよ」

小吉「正月なんだぜ。餅がまずくてどーするんだよ。行ってくる！（飛び出る）」

小麦「ちょっと——あーあ、つんのめっちゃって、あの走り方、歩とそっくり。一途だわぁ。間違いなく親子だわね、あの二人。もう、思いついたら、待ったなしなんだから。——待ったなしねぇ——『男も女も、父も子も、待ったは、なしの年の暮れ』ものすごい字余り」

「もういくつ寝ると」

◉第二話『元旦』

平田小吉（父親）　四十四歳……会社員
平田小麦（母親）　四十四歳……主婦
平田　歩（娘）　十四歳……中三

西　村「明けましておめでとうございます。西村雅彦です。お節料理の箸袋には、縁起のいいような文字を、書いたりしますよね。山とか海。あるいは松とか、竹ですか。子どもの頃、好きな字を、書いてごらんと言われまして、どういう訳か『崖』っていう字を書いて、それが、ぼくの箸袋。それ以来崖っぷちの人生で、わははは（豪快）ハ〜ァ（気弱）今年もよろしく、皆の衆」

車の中。

歩「すごいよねぇ――いきなり大吉だもんね」

小吉「え？　おみくじ、大吉だったの？　誰？　誰が大吉だったの？」
歩「オキュちゃん。ほら見て！」
犬「（吠える）」
小吉「え、犬におみくじ引かせたのか？　肉球で？　お前、バチが当たるぞ」
歩「お父さん、何だった？」
小吉「いいたくない」
小麦「お父さんったら、恥ずかしいのよ。社務所の人に文句言ってさ」
小吉「だってそうだろう。正月早々、大凶なんて入れるか？　感覚疑うよ。配慮がなさすぎるんだよ、あの神社は」
歩「お父さん、大凶だったんだ。オキュちゃんは、大吉だったのにねぇ」
小麦「あら嫌だ。犬に負けちゃったの？」
小吉「おみくじだよ、勝ち負けの話じゃないでしょう――だいたい、犬のくせに大吉引くなよなぁ、お前も」
犬「（吠える）」
小麦「お父さん、名前が小吉だから、大吉に対しては、人一倍、対抗心があるのよ」
小吉「なんで、そんな、根拠のないこと言うんだよ――でもさ、犬が大吉持ってても意味ないから、このおみくじは、オレが引いたってことにしようか？　なっ」
小歩「どういうこと？」
小吉「だから、その大吉のおみくじ、お父さんが、もらおうか♥」
小歩「犬のピンハネしようっていうの？」
小吉「いいんじゃない。大体、オキュートがこの家に来れたのも、オレのおかげなんだしさ。ま、こう言っちゃあ何だけど、オレが、日々、食べるもの食べさせてる訳だし」
小歩「お母さん、聞いた？」
小麦「聞きました」
小歩「横暴だよねぇ」
小吉「な、何がだよ！」
小歩「人間性を見たよね」
小麦「オレのおかげ？　日々、食べるもの食べさせてる訳だし？　――ご飯、炊いてるの、私なんですけど」
小吉「なんでそうなるの？　おみくじ、譲れって言っただけでしょ」
小歩「いや、極めて偉そうな言い方だった」
小吉「わかった！　言い過ぎました。つまりぃ家族なんだから、困ってる人にぃ愛の手を、大凶を引いた人に大吉を！」

歩　「だって、それ、フェアじゃないもん。大凶を引いた人には、それなりに禍々《まがまが》しい一年を送ってもらわないとさ。神様的にも」

小吉「あッ、何てことを言うんだ！　この親不孝者が」

歩　「だって、それがゲームの規則ってもんでしょ」

小吉「お父さんが繊細だってことを知ってるだろ。ガラス細工の心だっていう事を」

歩　「ガラス張りの心じゃないの」

小吉「ガラス張り？」

歩　「外から丸見えの心」

小麦「うわー、思ってる事言ってくれた」

歩　「だって、ホラ——」

小麦・歩「女は、女同士ぃ！」

小吉「お父さんを、疎外するなよぉ。もう、大声になってしまう。どうして、家にいると、声張らなきゃならない訳ぇ。逆でしょ。家でしょ。平穏にさせてよ。ほんとうにぃ。こんな気持ちで、この一年を送るのかと思うと、もう目の前、真っ暗だよ」

小麦「歩、お父さんも、ここまで追い込まれてるわけだし」

小吉「ちょっと待て！　それは、フォローか？　それとも追い打ちかけてるのか？

どっちだ？　声、嗄れてるぞ～」

小麦「その、おみくじ、あげたら？」

小吉「フォローだな、よし！　フォローしてくれるんだな」

歩「だって、これ、私のじゃなくて、オキュートのおみくじだもん。オキュートに聞かないと」

小麦「（犬の声色）オイのことは、どうでもよかですたい。大吉は、尊敬ばしちょるお父さんにあげて下さい、ワン。ワンワン。――（戻って）ほら、オキュートもそう言ってることだしさ」

小吉「オキュートはさっぱりした、いいヤツだよな」

小麦「（犬の声色）オキュートは忠犬ですたい。しかれども、お父さんも、タダで、くれとは言わないワン。それなりの、見返りばあると思うちょりますワン」

歩「見返りって？」

小吉「え？　あ――見返りね、考えてますよ。ハハハ、ドーンとまかしてよ」

歩「じゃあさ、ディズニーシーに連れてって」

小吉「えーッ！　そんな大がかりな話になっちゃうの？」

歩「今、ドーンとまかしてって言ったじゃん」

小吉「え？　うん、そりゃ言ったけどさ――しょーがねぇなぁ。じゃあ、ディズニーシーな、それで手を打ちましょう――（ぼやく）ったく、高くついちゃったよなぁ」

小　麦「お母さんは、湯布院の温泉でのんびりと二、三日」

小　吉「えッ！　なんで、そこで『お母さんは』が出てくるんだよぉ。関係ないじゃないの。『お母さんは』」

小　麦「（声色）オイは、毎日メシば炊いてるお母さんの気持ちは、よーくわかっちょりますワン。関係ないは、ちょっと言い過ぎだと思いますワン」

小　吉「わかったよぉ！　――ったく！　なーにがディズニーシーだよ、湯布院だよ。誰なんだ？　こんな欲深い女どもに、そんな下らないことを教えたのはさぁ――」

小麦・歩「（聞きとがめて）女ども？」

小　吉「いや、そういう意味じゃなくてだな――なんでこーなるんだよぉ～～（犬に向かって）家族の中でオレの気持ちがわかるのは、オキュート、お前だけかも」

小　麦「（声色）オイも、女《おなご》ですたい。旦那さん、ほんなコツ、甘かね～ワン」

小　吉「（四面楚歌）あーーッ」

「もういくつ寝ると」

◉第三話　『一月二日』

平田小吉（父親）　四十四歳……会社員
平田小麦（母親）　四十四歳……主婦
平田　歩（娘）　十四歳……中三

西村「西村雅彦です。いかがお過ごしですか？　お正月はのんびりしているようで、ハレであり、非日常なので、どこかで力みすぎて、はしゃいだり、思わぬ事を口走ってみたり、浮き足だつものです。仲のいい人と喧嘩したりするのもこの時期。カップルは注意しましょう。夢ゆめ疑う事なかれ～――オレ、どういう芸風に辿りつこうとしている訳？」

歩「オバアちゃんち行くの久しぶりだね。お母さん、どこで待ってるって？」

小吉「うん、駅前」

歩　「ヘンだよねぇ」
小吉「何が？」
歩　「なんで一緒に家、出なかったんだろ」
小吉「それは、饅頭屋に寄って、お袋に、お土産を買いたいからって――」
歩　「それだけだったのかなぁ」
小吉「なんだよ。他に何があるんだよぉ」
歩　「私、見たんだよねぇ、お母さんが、あわてて年賀状を隠すの」
小吉「え？　年賀状って？」
歩　「謎よ～。とにかく、あわててた。ものすごく」
小吉「それは、ヘンだよな――隠す理由なんてないもんな」
歩　「まあ、それだけなんだけどね――」
小吉「いや、実は、オレも思い当たることあるんだわ」
歩　「何？」
小吉「お母さんが骨折で入院する前の話なんだけどな、夜になると、どこかに出かけるんだよ。コソコソって」
歩　「どこに行くか聞かなかったの？」
小吉「それがさぁ――怖くて聞けなかったんだわ。帰ってきたら服にドロがついてたりするんだよ、ヘンだろ？」

小吉「なんだろう？　聞けばよかったのに」

歩「鶴の恩返しの話知ってるだろ。アレ、連想しちゃって。お母さんの秘密を知ったら、家、出て行くんじゃないかって」

小吉「あ、あれ、お母さんじゃない？」

歩「（狼狽）うぁっ！　どーしよう。な、どうする？」

小吉「それさ、ちゃんとお母さんに聞いた方がいいんじゃないの」

歩「（車を止める）そうだな。家族だもんな。さりげなくな——」

小吉「（乗ってくる）遅いわよ。何してたのよ、あんた達」

麦「お父さん、出る前に、カップ麺とか食べるんだもん」

歩「そういうとこある、昔から」

小麦「（咳払い）ブッホッン。まぁ、あれだな。えー、誰にでも秘密はあります」

小吉「どこが、さりげなくよ」

歩「何？　何の話？」

小麦「（わざとらしい）あっ、名案！　新しい年になったことだしぃ、突然だけど、みんなで、自分の秘密を告白するってことにしてみない？　面白いなぁ、ねぇ」

小吉「いやだよ」

歩「告白タ〜イム！　まず、父さんから。実は、オレがラクダに乗ってる写真。

あれ、エジプトにてって言ってたけど、ウソ。実は、鳥取砂丘でした。——あ〜言っちゃったぁ！　ははは——次、歩な」

歩「えーっ、私も何か言うわけ？」

小吉「お父さんだけに恥をかかす気か」

歩「私はぁ——最近——顔をちょっと、いじりました」

小吉・小麦「え〜！　整形ってこと？」

小吉「お前！（絶句）親に黙って！」

小麦「そうよ。一言の相談もなく——整形だなんて——ちょっと、どこいじったのよぉ。目？　鼻？」

歩「親ってさ、子どもの顔、案外見てないもんなんだねぇ」

小吉「目を二重にしたんだろ。そうだろ」

小麦「何言ってるの、前から二重よ——どこだろ。出っ歯を若干ひっこめた？」

歩「そんなこと思ってたんだ。私のこと、出っ歯だって！」

小吉「なんか、間違い探しのクイズみたいだな——元って、どんな顔だった？」

小麦「降参。教えて。どこ？」

歩「目元につけボクロをつけました」

小麦「あ、そうか。なかったわ、ホクロ」

小吉「そんなことわかるわけないだろ。ホクロなんかさ。ひっかけだよ、ひっかけ」

歩　「はい、次はお母さんの番ね」
小麦「え？　私？　――うーん、カニ玉、よく作るじゃない？」
小吉「ああ、カニの身がいっぱい入った、わが家特製のスペシャルメニューな」
小麦「アレは、本当のカニの身ではなく、カニカマボコを使ってましたすみません」
小吉「ウソ！　あれ、カマボコだったの？　オレがカニだカニだって喜んでたの、バカみたいじゃないか」
小麦「ついでに白状すると、オセチの中に入ってたイクラも、人造イクラでした」
小吉「ウソォ！　だって、だって、イクラの味したじゃないの。全部食べるのもったいないって、オレ、昨日、我慢して残したんだぜ。アレが偽物？　ウソォ――（車を止める）オレ、もうダメ。ショックが大きすぎるよ。ちょっとタバコ買ってくる（出てゆく）」
歩　「全然、ダメじゃん――お父さんさ、本当は違うこと聞きたかったんだよ」
小麦「何？」
歩　「お母さんが、あわてて隠した年賀状のこととか」
小麦「え？　――ああ、ひょっとして、これのこと？（鞄の中から年賀状を出す）」
歩　「高山京子――誰、これ」
小麦「私が入院してた病院の看護師長さん」

歩　「(読む)昨年は、自転車で転倒して、大変なことになりましたね――お母さん、自転車で骨折したの？　階段から落ちたんじゃなかったの？」
小麦「実はさ、私、自転車乗れなくてさ。ほら、秋に家族でサイクリングに行こうって話が持ち上がったじゃない？　私、うっかり、行こう、行こうって言ってたけどよく考えると、乗れないって気づいて、それまでになんとかって思って、夜、一人で練習したんだけど、運動神経ないからさ、電柱にぶつかっちゃってさ――」
歩　「なんだ、自転車の練習だったんだ」
小吉「(乗ってくる)いやいや、取り乱して悪かったね。もう平常心に戻ったから。しかし、告白って体に悪いよなぁ」
歩　「お母さんね、もっと重大な告白があるんだってさ」
小麦「お父さんに言ってなかったんだけど」
小吉「ちょっと待て！　みなまで言うな。心の準備をだな――(準備)ウーン、ウーン(決断)ハイッ！　聞こうじゃないか」
小麦「実はね――」
小吉「あっ、ちょっと待て！　もうちょっと心の準備いい？　(深呼吸)――ね、それ明日じゃダメ？」

「もういくつ寝ると」

◉第四話『一月三日』

平田小吉（父親）　四十四歳……会社員
平田小麦（母親）　四十四歳……主婦
平田　歩（娘）　十四歳……中三
コンドー君（歩の友人）　十四歳……中三

西　村「『てー言うかぁ』西村雅彦です。おめでとうにも飽きちゃったでしょうから、挨拶変えてみました。若い女の子がよく使う『てー言うかぁ』は呼びかけにもなるんだそうですね。もちろん、〈ところで〉っていう意味でも使います。昔風だと、閑話休題（あだしごとはさておきつ）ってところでしょうか、『てー言うかぁ』イケてるドラマ、聞いてみる?」

車の中。

小　吉「歩、まだ生きてるか?」

歩「うん——わからない。どう思う？　コンドー君」
コンドー君「おじさん、カメって、死ぬ時どうなるんですか？」
小吉「オジサンだって知らないよ。カメなんて飼ったことないもん。カメのメカニズムはわからない、なんちゃって。座布団一枚！　カメのメカ。ホホ」
小麦「動物病院、開いてないかもね」
小吉「かもな。まだ三日だしさ。コンドー君さ、正直に、お父さんに言ったらどうかな」
コンドー君「チチが、命より大事にしてるカメの亀吉を、ボクが踏み殺しましたってそう言うんですか？」
小吉「いや、踏み殺しましたって、正月早々それは、ちょっとアレだな。もっと表現をさ、ソフトにさ」
歩「♪ウッカリーノ、カメふんじゃった♥　ごめん、ペコリーノ——って感じ？」
小吉「それじゃあ、バカにしてるって怒られるだろ」
コンドー君「亀吉のことになると、人が変わるんです。チチの友達は、カメの亀吉だけだから」
小吉「君のお父さん、淋しい人なんだな」
小麦「同じようなカメ買ってきて、すり替えておけば、ばれないんじゃないかしら」

小　吉「お前、子どもに何てこと言うんだよ。そういう姑息な手段は、絶対にダメ。ここは正直にだな、ジョージ・ワシントンのようにだな、桜の木を切ったのは私です――とだな告白したら、よく言った、我が息子よ。って許してくれるよ――親子だもん」
コンドー君「そうかなぁ。チチはボクより亀吉の方が大事だと思います」
小　吉「いや、そんな親はいないぞ。親子の情は不滅だぞ」
小　麦「不滅は言い過ぎよねぇ」
小　吉「不滅なの！　それが親子なの！」
歩「じゃあ、私のことも許してくれる？」
小　吉「な、なんだよ」
歩「私ね、お父さんが大事にとってる、お餅あるじゃない。去年の節分の時、神社がまいてくれた餅」
小　吉「え、ひょっとして沢口靖子が投げたのをオレがキャッチしたあの餅のこと？」
歩「うん、お父さんが大事に桐の箱に入れてるヤツ。ゴメンネ、それ、私、食べちゃったんだ。お父さんが拾った餅」
小　吉「拾ったんじゃない！　沢口靖子が目で合図して直に、オレに向かって投げてくれた餅なの！　アレを受け止めるのに、オレが、どれほど苦労したと思ってんだよぉ～～あ～～正月早々、ろくなことないよな。あ～～～オレ今年ダ

歩　　メ、もうダメ絶対立ち直れないよ〜〜歩、一生、恨むからな！」
小　吉「親子なんだから許してよ」
歩　　「それとこれとは、話は別なんだよ！」
コンドー君「コンドー君、よく見ときな。コレが親の情っつーもんらしいぜ」
小　吉「見せてもらってます」
小　麦「なんだよ、なんだよ。大人ぶりやがって。餓鬼のくせに」
小　吉「ウソに決まってるじゃない。食べるわけないでしょ。あんなカビた汚い餅」
小　麦「へ？　ウソなの？　良かったぁ。ちゃんと例の桐の箱の中にあるんだな」
「コンドー君、やっぱり本当のこと、言わない方がいい。男の人ってね、ものすごく、ささいな事でガクッときて、そのまま再起不能になっちゃうものなのよ」
小　吉「お前、子どもにヘンな情報与えるなよ」
コンドー君「亀吉も再起不能みたいです。病院、もういいです。オジサン、お休みのところ無理言ってすみませんでした」
小　吉「いや待てって、まだ間に合うかもしれんだろ」
歩　　「チチにどう言うの？」
コンドー君「うん、正直に話す」
小　吉「イヤ、待てったら。お父さんの友達、そのカメだけなんだろう。最善をつくそうよ」
コンドー君「もう死んでるみたいだし」
小　吉「イヤ、一発逆転が、あるかもしれないじゃないか」
歩「だって、死んでるんだよ」
小　吉「いや、だから、ブラックジャックみたいな名医が、いるかもしれんだろ。ゴッドハンドを持つ獣医がさ」
歩「それって、漫画じゃん」
コンドー君「チチの人生を見てたら、大体わかります。ないです。一発逆転なんて」
小　吉「オッ、見ろよ！　飛行機雲だ！　君達の未来みたいじゃないか。空に向かって、まっすぐに伸びてってさ」
コンドー君「飛行機雲って、同じ時間に、同じところに出来るんですよね。フライトの時間、決まってるから」
小　吉「（感心）あ、そっか。へえ、そうなんだ。いや、そういう意味じゃなくてぇ」
コンドー君「ボクも、きっと、大人になったら、カメだけが友達の、つまんない会社員になって――この亀吉みたいに、誰かに踏まれて死んでゆくんだと思います」
小　吉「だから待てって。どーして、そうなるの？　――世の中は、君らが考えてるような決まりきったものじゃないぞ」

小　麦「そーよ、乾物屋のオバサンのファッションなんて人間のイマジネーション、超えてるわよ。それ、見るだけで、どれだけ毎日が楽しいことか」
小　吉「いや、そーゆーことじゃないの――（咳払い）企業だってよ、口紅の色一つ決めるのに、どれだけ試行錯誤してると思う？　本当は、みんな、先が見えないのよ。見えてると思ってるだけ。人生には思いもよらないことがあるんだよ」
コンドー君「例えば、どんなことですか？」
小　吉「うーん、例えばだなぁ――例えばねぇ――エート」
歩「あ！　動いたッ！　見て！　ほら、亀吉が」
小　麦「あら、本当、生きてるじゃない！」
コンドー君「死んでなかったんだ。オジサン生きてますよ！　亀吉」
小　吉「そうか、生きてたか――さすが亀は万年。タフなもんだ。いやー、良かったな。生きてて」
コンドー君「（興奮）思いもよらないことって、本当にあるんだ。ね、ね」
小　吉「ハハハ、見たか！　セ・ラ・ヴィ！　これが、人生さ！　生きてるだけで儲け物ってね。見ろよ。新しい年の空だぜ」
小　麦「まっさらの空ね」
小　吉「そうさ。覚えておけよ、若者ども。明日は、いつだって、まっさらさ」

「いずれ春永《はるなが》に」

◉第一話『哀しい嘘』

平田小吉（父親）　四十四歳……会社員
平田小麦（母親）　四十四歳……主婦
平田　歩（娘）　十五歳……高一

西　村「西村雅彦です。高浜虚子の句に〈温泉のとはにあふれて春尽きず〉というのがあります。春本番の季節になりました。春だらけです。春のフルコース。春の色目一杯。ところで春の色って何色でしょう？」

車の中。

小　吉「♪折れたタバコの吸殻で～」
小　麦「お父さん、そこ右ね」
小　吉「おッ。♪あなたの嘘がわかるのよぉ～～っと」

小麦「な－に？　歌なんかうたっちゃって」
小吉「え？　何って、何が？」
歩「私、それ、知ってる。♪あ～あ、契約する気もないくせに。あ～あ、見積もりばかりを書かせるの」
小吉「あ、子どものくせに、なんて歌、うたうんだ」
歩・小麦「♪すったゴマスリどうするの、飲み屋の伝票どうするの。哀しい嘘のつける人～～」
小吉「やめなさいって。そんな下らない歌」
小麦「お父さん、酔っぱらうと、コレばっかりだもん」
歩「覚えちゃうよ、ね」
小吉「そんな、低俗な替え歌」
歩「替え歌なの？　コレ」
小麦「お父さんが、作ったのよ」
小吉「そんなこと――」
歩「へぇ、すごい。才能あるじゃん」
小吉「え？　そう？　才能ある？　オレ」
歩「うん、うまいよ。〈哀しい嘘のつける人〉なんてさ、フツー出ないよね」
小吉「あ、そこの部分？」

小麦「そこんとこはね、お父さんの作じゃないの。元からある歌詞。プロが、なせる技」
歩「な一んだ、そうなんだ」
小吉「言っとくけど、それ以外は、ぜ一んぶオレのなんだぜ」
小麦「そう、低俗な部分は、お父さん作」
小吉「なんでそういう言い方するわけ？」
小麦「え？　自分で言いませんでした？　低俗な替え歌だって」
歩「でも、何か怪しくない？」
小吉「何がだよ？」
歩「お父さんってさ、隠し事がある時、鼻歌うたうんだよね」
小麦「それ、私も、それ言いたかったの」
小吉「え？　何のことだよ」
歩「ほら、競馬で当てた時」
小麦「そう！　松田聖子！」
小吉「何よ、何のことよ」
歩「黙ってたじゃない、私達に。競馬で十八万当てた時さ」
小吉「あ、アレはさ、黙ってたわけじゃないさ。しみじみ幸せをかみしめてたわけよ一人で。最終的には言うつもりだったんだよ——でも、あん時、なんでわ

歩　　かったの？　オレが競馬で当てた事」
小　麦「ずっと、鼻歌うたってたじゃない。♪あ〜私の恋は〜〜南の風に乗って走ぃ〜るわ〜〜って、覚えてないの？」
歩　　「あの時、勝った馬、ハルノミナミカゼって名前だったから、すぐわかったわよ」
小　吉「ストレートの直球なんだもん。ヒネリも何もない。さすがお父さん」
歩　　「それ褒めてるのか？　けなしてるのか？　怖いよなぁ。お前ら、金田一耕助か」
小　吉「さっき、お父さんが歌ってたのも、きっと何かあると思うのよね」
小　麦「何言ってるの（実はある。が余裕を装う）あるわけないじゃないの。ハハ」
小　吉「そうよ。今日、外食しようなんて言いだしたのが、まず怪しいわね」
小　麦「（シドロモドロ）そりゃあ、久しぶりにだな、家族ダンランっていうの？」
小　吉「出る時さ、私達に話したい事があるって言ってなかった？」
歩　　「そう。よく言った。それ！　話したい事があるんだよ。お父さんは、お前達に」
小　吉「さっきの歌、なんていう題名なの？」
　　　「なんで話そこに戻すの。今の話題はお父さんが話したい事があるって事でしょう」

小麦「♪あ〜契約する気もないくせに〜〜ってヤツ？　元歌はね、中条きよしの——」

小吉「わかったッ！　今、話そう！　実はだな」

小麦「『うそ』っていう歌よ」

小吉「ねぇ、聞きたくないの？　お父さんの秘密。いま明かされます。スゴイなぁ」

歩「お父さん、ちょっと静かにしてくれない——『うそ』っていう題名なの？」

小麦「そうなのよ。『うそ』っていう歌を、さっきから、繰り返し、ずっと歌ってるわけよ、お父さんは、家を出る前から」

歩「そして、お母さんが、その『うそ』っていう題名を言おうとする度に、お父さんはものすごく抵抗してるわけね」

小吉「何を、たわけたことを——」

小麦「そうなの、なぜか『うそ』という言葉に過剰に反応してるわけ、今」

小吉「な、何なんだよ、お前ら」

歩「わかった！　今日は、四月一日」

小麦「エイプリル・フール？」

歩「お父さんは、今から私達にウソをつこうとしてるのよ。ここは、私達を、まんまとだまくらかして、あとで笑ってやろうって——そういう魂胆じゃないかしら」

小麦「なるほど」
小吉「何言ってるんだよ。お前ら――ハハ」
小麦「で、話って何かしら？」
小吉「は？」
歩「お父さんの秘密が今明かされるって」
小吉「あ、その事ね――もう、いいよ」
歩「言ってよ。気になるじゃん」
小吉「いや、もう話せないよ――」
小麦「なんで？」
小吉「いや、だからさ――（開き直る）ああ、そーだよ！　一週間前から、練りに練ってたんだよ。実は、お父さんは、リストラで失業しますって、嘘ついて、皆を驚かそうと思ってました。すみません。これでいいんだろ。ふん、なんだよ。皆して、人の計画、ふみにじってさ」

小麦「そんなに怒らないでよ。嘘つけないのが、お父さんのいい所なんだからさ」
歩「そうだよ、私、お父さんの、そーゆーとこ、好きだな」
小吉「本当に？　――あ、その目、エイプリル・フールだって言ってる目だ！」
歩・小麦「お父さん、大好き」
小吉「もう何聞いても、嘘だとしか思えない！　オレは、エイプリル・フールなんて、（吐き捨てるように）大キライだッ！」

◉第二話『お餞別』

平田小吉（父親）四十四歳……会社員
平田小麦（母親）四十四歳……主婦

西村「西村雅彦です。三好達治の短歌に次のような一首があります。〈春の岬　旅のをはりの鷗どり　浮きつつ遠くなりにけるかも〉春の華やかさと哀しみ。潮の香りが伝わってくるようです。旅立ち、ではなく、旅の終わり。空ではなく、船の旅というところが、アダルトにはたまりませんねぇ」

車のドアが開く音。

小麦「待った？（車に乗り込む）」

小吉「ん――いや（車を出す）」

小麦「買い物、つきあってくれなんて、珍しいじゃない。フフ、結婚以来だったりして」
小吉「（心ここにあらず）うん、そうだね」
小麦「うん、そうだねって、話、聞いてないんじゃない？　どーしたの？　暗いわよ。ちょっと笑ってみなさいよ」
小吉「（力なく笑ってみせる）フェフェ」
小麦「どこか空気抜けてるんじゃない？　大丈夫？　——今日、何買うの？」
小吉「うん——餞別」
小麦「センベツ？　ああ、誰か退職するの？」
小吉「島袋さん」
小麦「そっか、島袋さん、やっぱり辞める事になったんだ」
小吉「そ、リストラだ。——気の毒だよな」
小麦「予算、どれぐらいなの？」
小吉「ちょっと奮発しようと思うんだ。三万ぐらい？」
小麦「三万も！　——ふーん、でも、会社でも皆とするんでしょ？　別に」
小吉「三万、多い？　多いかなぁ——でもな、付き合い深いし。かわいそうだろ。島袋さん。家、建てたばかりで、ローンだって残ってるだろうし」
小麦「ローンは、ないよ」

小吉「なんで、お前がそんな事、断言するんだ？」

小麦「だって、島袋さん、あの家、キャッシュで買ったもん」

小吉「キャッシュって！　（絶句）全部？　まるごと？」

小麦「知らなかったの？」

小吉「知らないよぉ。キャッシュって一戸建て庭付きだよ？　――ってことは、あの車が二台入る屋根付きガレージも、キャッシュってことか――すげぇ」

小麦「本当に知らないの？　島袋さんと、付き合い深いんだよね？」

小吉「深いけどな、そんな下品な会話しないもん、オレら――餞別、二万にしようか？　な、二万ぐらいが適当だよな」

小麦「はいはい、二万ね」

小吉「ローンがなくてもだ、子どもに金がかかるんだよ。なんたって、あそこ、私学だし。それに、ほら、柔道とか習わしてて金かかるぞ、あーゆーの」

小麦「あそこの娘さん、柔《やわら》ちゃん2号って呼ばれてるのよね」

小吉「なんだ、柔ちゃん2号って」

小麦「柔ちゃんの次世代型ぐらい、強いらしいよ。学校も特待生で入ったんだって。だから、授業料免除」

小吉「免除って――タダってことか？」

小麦「うちの歩より、安いってことよ」

小吉「でも、ほら、柔道着とか、いろいろ、細かい事で金かかるんだよ。お前は知らないだろうけど」
小麦「それがね、商店街のスポーツ店が今からスポンサーになってるらしいのよ」
小吉「お前、なんで、そんなに事情通なの？」
小麦「この辺の常識よ。柔ちゃん2号。大学も、今からひっぱりダコだって」
小吉「なるほど。そうですか」
小麦「予算が、二万円ね——」
小吉「いや、一万でいいか。な？　会社でも別にやることだし」
小麦「そぉ？」
小吉「うん。一万——しかし、何だな、島袋さんも、会社辞めちゃうと、生き甲斐がなくなっちゃって、ガクッとくるだろうな」
小麦「そんなことないんじゃない」
小吉「男って、そんなもんだぞ。年とってから急に趣味って言われてもさぁ」
小麦「島袋さんの趣味、多彩よね」
小吉「うそッ！　趣味あるの？　アイツ」
小麦「本当に友達なの？」
小吉「友達だよ——（気が弱くなる）友達だと思うよ」
小麦「パン焼くのが、趣味なんだって。プロ顔負けの味らしいよ。会社辞めた後、自宅改装してパン屋さんやるんだって」
小吉「ほんとに？　パン屋？　へー、そんな特技があったのか」
小麦「予算、一万円でいいのね」
小吉「いや——」
小麦「五千円？」
小吉「オレ、なんか力、抜けちゃったよ。島袋さん、幸せなんだもん」
小麦「幸せだと、イヤなの？」
小吉「え？　いやぁ——そんなことないよ。でも、不幸だと思ってた人が、ここまで恵まれていると、なんか不条理というか」
小麦「ウソよ」
小吉「は？　ウソって？」
小麦「今の話、フィクションでした。あんまりお父さん浮かない顔してたから、ちょっと作っちゃいました」
小吉「ウソなの？　柔ちゃん2号も？」
小麦「そんなに、島袋さんのこと、知ってるわけないじゃない」
小吉「だよなぁ」
小麦「なーに、ホッとした顔しちゃって」
小吉「してないよ。イヤなこと言うなよ」

小麦「でもね、パン屋さんやる話は、本当なの」
小吉「一番ウソみたいな話が、本当だったんだ。聞いてみないとわからないよなぁ」
小麦「お餞別さ、看板作ってあげるのどうかしら。お父さん、彫刻刀使うの、うまかったじゃない」

小吉「それ、中学の話だろ――でも、それ、いいかもな」
小麦「でしょ？　店の名前がね『ノブッチ＆ミッチ』っていうの」
小吉「なんだ、そりゃあ」
小麦「旦那さんの名前と奥さんの名前なの」
小吉「そんな、かっこ悪いもん作れねーよ。『ノブッチ』って――オレ、ひょっとしたら、島袋さんのこと、何も把握してなかったのかもしんない」

小麦「人って外からだけじゃわからないって言うからね」
小吉「そうだよな。まッ、本当の幸せって、金のあるなしじゃないよなぁ」
小麦「私、思うんだけど――うわぁッ！　きれい！」
小吉「見事だな、桜」
小麦「ステキ！　ちょっと、車、止めようよ」
小吉「おっ（車止める）ほんと、キレイだよなぁ――今、何言おうとしたの？」
小麦「何が？」
小吉「私、思うんだけど――って」

小麦「あ、それね。予算三万円、余るんだから、何かおいしいモノ食べよう」

小吉「なんだ、聞くんじゃなかった」

「いずれ春永に」

◉第三話『別れのワイン』

平田小吉（父親）　四十四歳……会社員
平田　歩（娘）　十五歳……高一
コンドー君（歩の友人）　十五歳……高一

西　村「西村雅彦です。今週は春をうたった句や、短歌を紹介しています。今日は、久保田万太郎さんの句です。〈仰山《ぎょうさん》に猫ゐやはるわ春灯《はるともし》〉はんなりとした、艶めかしい京都の春の宵のたゆたう感じ、表現されてよろしおすなぁ。ほな、ドラマ聞いておくれやす。おおきにぃ」

歩（オフ）「お父さん！　こっち！」

車、停車する。

小　吉「（窓を開ける）おっ、大変だったたな。とりあえず、乗れや」

歩「（乗る）はやかったね」
小　吉「（乗る）こんばんは」
コンドー君「コンドー君、大変だったね。電話ではよくわからなかったけど、どういうことなの？　おじいさんが倒れたんだって」
歩「そうなの。あれ、何時頃だっけ？」
コンドー君「三時半頃です。三角公園のベンチに座ってたら、隣にいた、おじいさんが突然、首がガクンとなって」
歩「目は半分開いてるんだけどね、何も見てない感じなの。汗が異常に出てて」
コンドー君「で、ヤバイって、平田さんが、救急車呼ぼうって」
歩「なんか知らないけど、私達も一緒に救急車に乗せられちゃって——」
コンドー君「家族と間違えられたんだよ、ボク達」
小　吉「その、おじいさんは、大丈夫なのか」
歩「うん、わからない。家族の人が来て、私達の事、送るって言ってくれたんだけど、ほら、忙しそうだったから、父に迎えに来てもらいますって——」
小　吉「そうか。そうだよな。わかった。とりあえず、ご家族の人に挨拶してくるわ」
歩「おじいさんの様子も聞いてきて」
小　吉「おっ、わかった。お前ら、ここで待ってろな（車から出てゆく）」

歩　「なんか、長い一日だったね」
コンドー君「うん――平田さんって、すごいよなぁ」
歩　「何が？」
コンドー君「おじいさんの首、ずっと支えてさ、顔すごく近づけてさ、おじいさん！
　大丈夫ですか！って声かけてさ、すごいよ」
歩　「コンドー君も、シャツのボタン外したり、ベルトゆるめたりしてたじゃん」
コンドー君「でも、直接、肌に触れなかったもん――気持ち悪くてさ、おじいさんの肌。
　ボク、そんな事ばっかり考えてるのに、平田さん、おじいさんの手、握りし
　めてるんだもん。握りしめて、もう救急車来ますからねって、励ましてるん
　だもん。全然、意識のない人を、すごく優しい声で励ましているんだもん
　――それ、すごくショックだった」
歩　「本当はね、私も触るの、ヤだったんだよね。でも、必死になると出来ちゃう
　んだね。自分でもビックリだよ」
コンドー君「平田さんは、かっこいいよ」
歩　「よくないよ。あとで、手、ごしごし洗ったんだから。やっぱり、私も気持ち
　悪いって思ったんだって」
コンドー君「でも、ボクとは全然違う」
歩　「何が？」

コンドー君「全部。例えば、クリームパン、パカッて割って、『食べな』ってくれたりするところ――かっこいいよ」

歩「それ、かっこいいかなぁ」

コンドー君「ボクの人生の中で、一番、かっこいい人だよ、平田さんは」

歩「女の子はね、かっこいいって言われても喜ばないんだからね」

コンドー君「え？　そーなの？　なんで？」

歩「やっぱ、かわいい、でしょう。言われて嬉しいのはさ」

コンドー君「ふーん――平田さんは、かわいい、じゃないよね」

歩「は、さようですか――コンドー君引っ越しちゃうんだよね。ニュージーランドは、遠いよなぁ」

コンドー君「――そうだ。これを渡したかったんだ（鞄をゴソゴソする）」

歩「なんだ、それで、公園まで来てくれって言ったの？　――何？　ワイン？」

コンドー君「いろいろ、お世話になったから、これ平田さんの生まれた年のワインだよ」

歩「いろいろ、お世話なんかしてないよ」

コンドー君「大人になったら、また会おう。その時、飲もうと思ってさ」

歩「気の長い話だね」

コンドー君「そん時は、ボク、平田さんみたいに、かっこいいヤツになってるから。楽しみにしててよ」

小　吉「(乗ってくる) いやいや、まいった、まいった。こんなに、苺もらっちゃったよ。歩、コンドー君の分、その袋に入れてあげて」
コンドー君「おじいさん、どうでした?」
小　吉「もう大丈夫だって。どーも、普段飲まない酒飲んだらしいんだよ。それで具合が悪くなったらしいんだな。人騒がせな話だよな(車出す)」
歩　「良かった、もう普通なんだ」
小　吉「うん、しゃべる。しゃべる。二人によろしくって。もう大感激よ」
コンドー君「あの状態で、こんなに早く元に戻るんですか。すごいな人間って」
小　吉「いい経験したぞ、二人とも。ひと皮むけたんじゃないか?」
歩　「ちょっとした思い出が、できたって感じ?」
小　吉「何?　どーゆーこと?」
歩　「別れる前にさ」
小　吉「あ、コンドー君、別の高校に行くのか?　どこなの?　北高?」
歩　「コンドー君、引っ越すんだよ」
小　吉「うそ!　本当に?　どこ行くの?」
コンドー君「ニュージーランドです。チチの仕事の関係で」
小　吉「ニュージーランドッ!　あらまっ、御遠方に。なんで教えてくれなかったんだよ」

歩　「だって、お父さん、泣くもん」
小　吉「そりゃ、泣くさ。親しい人との別れなんだからさ。本当に引っ越しちゃうの」
コンドー君「はい。おじさんには、いろいろ、教えて頂くことも多く、本当にありがとうございました」
小　吉「そんな、他人行儀な挨拶するなよ」
歩　「あ、本当に、泣いてる」
小　吉「当たり前だろ——ほら、コンドー君だって、涙ぐんでるじゃないか」
歩　「うそ——あ、本当だ。コンドー、泣くなよ」
コンドー君「すびばせん（すみません、と言ってる）」
小　吉「こーゆー時、一番泣かなきゃダメなのは、歩なんだからな」
歩　「私は、泣けないよ」
小　吉「なんでだよ」
歩　「私は、かわいい女じゃないもん」
小　吉「なんだ、そりゃ」
歩　「私は、この次、コンドー君と会うまで絶対、泣かない。なんでかって言うと、私は、コンドー君の中で一番かっこいい女だから」

「いずれ春永に」

◉第四話『お花見』

平田小吉（父親）　四十四歳……会社員
平田小麦（母親）　四十四歳……主婦
平田　歩（娘）　十五歳……高一
コンドー君（歩の友人）　十五歳……高一

西　村「西村雅彦です。今日は、川柳を紹介しましょう。川村好郎さんという方の句です。〈春雨へ　女房と濡れる　あほらしさ〉何も、申しますまい。上手いですねぇ。夫婦の歳月。愛や照れ、人生の奥深いおかしみがすべて込められています。お見事！」

まだ動いてない車の中。

小　吉「歩は？」

小　麦「行きたくないって――なんかグズグズしてる」

小吉「何言ってんだよ、あいつが行かなきゃ意味ないじゃないか——おーい、歩！
　行くぞ！」
歩（オフ）「二人で行ってくれれば、いいじゃん」
小吉「何言ってるんだよ。行こうよ、皆で」
歩（オフ）「いいよ、お花見なんて」
小吉「とにかく、時間がないんだからさ」
小麦「あら、なーに、乗れって。時間がないって」
小吉「いろいろね、こっちにもスケジュールがあるの。歩！」
歩（オフ）「わかったよ、着替えてくる」
小吉「いいよ、それで。乗れって」
歩「（乗ってくる）お花見なんて、かっこ悪いよ」
小吉「何がカッコ悪いだ。これやらなきゃ、春って感じしないだろ」
歩「だって、道端で家族と飲み食いするなんてさ、ダサくない？」
小吉「若い連中とちがって、大人はこんな時ぐらいしか、道端で飲み食い出来ない
　んだよ！」
小麦「あんた、それで寒くない？　上着取ってきたら」
小吉「もう、時間、ないから。オレの上着、貸してやるから（車を出す）」
小麦「ずいぶん、急いでるのね」

小吉「今日のために、いろいろ、下準備があったんだから。よし、このまま国道出れば、間に合うな」
歩「間に合うって、何に？」
小吉「いいスポットを見つけたんだよ。アッと驚くような」
歩「いつもの公園じゃないんだ」
小麦「お父さん、計画立てるの好きよね」
歩「大体、計画通りにはいかないんだけどね」
小吉「お前ら、何を根拠にそんな事言うわけ？　まだ、始まる前にさ。縁起でもないヤツらだな」
小麦「だって、お父さん、いつもそうじゃない」
小吉「今度は違う。百パーセント、お前達は感動する――はず」
歩「本当かな」
小吉「夢々疑う事なかれ――ここ曲がったとこなんだ。お前ら泣くなよ」
歩「こんな所で泣けるのかなぁ」
小麦「お父さん、本当にここなの？」
小吉「着いた！　ここだよ」
歩「（絶句）ここって――川じゃない」
小吉「そうだよ。はい、降りて」

小麦「桜なんて、一本もないじゃないの」
小吉「ほら、敷くものとか、持って出て」
小麦「だって——」
小吉「ヤバイ。もう、そろそろだな」
歩「何が？」
小吉「お前ら、空を見ろ！」
小麦「なんで？」
小吉「いいから、今、飛行機が飛んでゆくのが見えるから」
小麦「ヒコーキ？　なんで飛行機なの？」
小吉「今日、ニュージーランドに行く、コンドー君が乗ってるんだよ」
歩「コンドー君が？」
小吉「ホラッ！　アレだ！」
小麦「あれが！　そうなの？　あれがコンドー君の飛行機なの？」
小吉「コンドー君！　がんばれよぉ〜〜。ほらお前も、友達なんだから何か言えよ」
歩「何かって——」
小麦「あ、消えちゃうよ、歩、はやく」
歩「えっと、いい男になるんだぞぉ〜〜」

小　吉「あ〜、行っちゃったよ」
歩　「——本当に、行っちゃったんだ。コンドー君」
小　麦「お父さん、これ見せたかったんだ」
小　吉「いろいろ調べたんだけど、飛行機は、ここからが一番見えるんだよな」
歩　「お父さん——」
小　吉「ん？」
歩　「——ありがとう」
小　吉「いや、いや。何の何の。ハハハハ」
　自転車のチリリンという音。
コンドー君「平田さん？」
歩　「ああッ！　コンドー君！」
コンドー君「皆で何、叫んでたんですか？」
歩　「(絶句) だって——ニュージーランドは？」
小　吉「(も絶句) そーだよ、あの飛行機に乗ってるって——君のお父さんが」
コンドー君「ああ、出発日ですか。ちょっと延びたみたいなんです」
小　吉「そんなぁ——」
小　麦「なんだ、乗ってなかったんだ」
コンドー君「こんな所で、何してるんですか？」

歩　「——お花見だよね？」
小吉　「いや、なかなか、いい場所がなくてさ。ハハハ」
コンドー君　「花なら、この先に、タンポポが群生してる場所がありますよ。すごい量でちょっと、ビックリですよ」
小麦　「あら、桜もいいけど、タンポポのお花見もいいんじゃない？」
小吉　「そうだな、花に変わりがないもんな」
歩　「えー、タンポポでお花見なの？」
小吉　「コンドー君も、時間があるなら、一緒に弁当でもどう？」
コンドー君　「いいんですか？」
歩　「いやだな、コンドー君に会うなら、ちゃんとしたの着てきたのに」
コンドー君　「ちゃんとしてるじゃない」
小吉　「ほら、弁当持って。歩、このコンロ、持ってゆけ」
歩　「何、コンロまで持ってきたの」
小吉　「オレが作った豚汁、温めるんだよ」
小麦　「タンポポかぁ——コンドー君も、タンポポの綿毛みたいに、飛んでゆくんだね」
歩　「コンドー君、タンポポの綿毛なんだってよ」
小吉　「何言ってるんだ、お前だってそうだろうが。いつでも飛び立てる若者さ」

コンドー君「本当に、綿毛みたいに、どこでも飛んでゆけるのかなぁ」

歩「気分いいだろね、こんな晴れた日に飛んでゆけたらさ」

小吉「飛んでゆけるさ。どこに行き着くのか知らないけれど、そこで大きな花を咲かせるのさ」

「二〇〇二年の夏休み」

◉第一話『オンとオフの間』

平田小吉（父親）　四十四歳……会社員
平田　歩（娘）　十五歳……高一

西　村「西村雅彦です。夏の日盛り、何かの拍子で街角に誰もいない、なんて事があります。まるで、時間がぴったりと、停止してしまったような不気味な光景。これは、一月から働き続けた時間が、一年の折り返し地点を過ぎて、ちょっぴり一休みしていると科学的に説明がつく訳ないわなぁ。それでは、CMの後ドラマが始まります」

クラクションが鳴る。

小　吉「ハイハイ。そんなに鳴らさなくてもわかってますって（車を動かす）――み

小歩　んな、急いで、どこいくんだよ。お盆なのに、仕事か？　それとも家族連れて田舎に帰るのか？　どっちにしても、気の毒な夏休みだよなぁ。今年のオレは違うもんね（余裕の笑いで）フフフ。今日は、オレのオレによる、オレだけのための夏休みだもんね。ヒャッ、ヒャッ、ヒャッ」
小歩吉「お父さん、何、ひとりゴト言ってるの？」
吉「うわぁッ！」
急ブレーキ。
歩「お父さん、危ないよぉ」
小吉「歩！　お前、いつから乗ってるんだよ」
歩「家出る時から乗ってたよ」
小吉「うそ！　だって、誰も乗ってなかった（はずだ）」
歩「車ん中に忘れ物したから探してたの。そしたら、お父さん乗ってきてさ。全然気づかないいんだもん、私がいるの」
小吉「なんでもっと早く声かけないんだよ！」
歩「今日、夏休みだって言ってたよね」
小吉「あ、聞いてたの？」
歩「なのに、なんで、背広着て、鞄持って出かけるわけ？」
小吉「いや、だから、ちょっとその辺まで」

歩　「つまり、家族をだますために、会社に行くふりをしたってこと？」

小吉「いや、だからさ」

歩　「今年は忙しくて夏休み取れないなんて言ってたけど、本当は、取れたってことなんでしょ？」

小吉「いや、だますつもりは、なかったの！　決して！」

歩　「こういうの、だますって言わないなら警察いらないわよ！」

小吉「いや、だから――（静かにしのびよる哀しい音楽――例えば『ドナドナ』のハミングのような）――だって、毎年夏休みって言うけどさ、全然、休みになってないんだぜ、お父さん的にはさ。家族サービスで、渋滞の道路を、運転させられて、買い物だ。旅行だ。キャンプだ。で――休みが終わって、会社行ったら、仕事が山のようにたまってて。矛盾してないか？　夏休みだろ？　休みって言いながら、どうしてお父さんの労働量だけが、アップするわけ？　だから、思い切って、今年は、お父さんは、お父さんによる、お父さんのためだけの夏休みを取ることにしたんだ（音楽、消える）」

歩　「だからって、秘密で休みとることないと思うな」

小吉「秘密が楽しいんだよ。ほら、子どもン時作らなかった？　秘密基地」

　　遠くでラジオ体操の音楽が聞こえる。

歩　「何？　ヒミツキチって」

小吉「空き地とかにさ、隠れ家、自分達で作るの。ダンボールとか、木切れとか集めて」
歩「そこにいる時は、オフってこと？」
小吉「そう、完全にオフ。お互い、秘密基地って呼びあってさ。お菓子とか漫画とか持ち込んで——したことない？」
歩「ないよ、そんな原始的な遊び」
小吉「今頃、どうなってるのかな、あの空き地は」
歩「マンションだね、きっと」
小吉「ぶった切るように言うなよ」
ラジオ体操の音楽、消える。
歩「そっか、ここで、こっそり見るつもりで、本とかCDとか積んできたのかぁ——あ、DVDもある」
小吉「見たい映画とか、本とか、この機会にゆっくりとさ」
歩「それが、お父さんのやりたい事だったんだ」
小吉「バカいっちゃあ、いけない。ちゃんとメインイベントも考えてるさ」
歩「何なに？　私も参加していい？」
小吉「ダメ。絶対にダメ。今日は、オレの、オレによる、オレのためだけの夏休みなんだから」

歩 「ケチ！」

小吉 「ケチとか、そういう話じゃないの。今日のオレは夫でもない。父親でもない。課長でもない。服も着ない裸のオレで過ごすんだからさ」

歩 「なんで裸なの？」

小吉 「え？　いや、それは、そういう場所だからさ」

歩 「ヤダ、どこ行く気なの？」

小吉 「だから、オトナの秘密基地というか」

歩 「怪しいぃ」

小吉 「違うって——若返り湯だよ」

歩 「何？　お風呂屋さん？」

小吉 「サラリーマンが平日の昼から風呂に行く、こんな贅沢が他にあると思うか？」

歩 「それが、メインイベントなの？」

小吉 「前から行きたかったんだよ。あそこは見た目は古いけど、中には、電気風呂とか、サウナとかもあるんだぞ。湯上がりにビール飲みながら、知らない人と将棋さしたりしてさ、のんきに世間話なんかしちゃってさ」

歩 「それって、楽しいわけ？」

小吉 「だって、オレの名前なんか誰も知らないんだぜ。だからさ客同士は、あだ名とかで呼び合ったりするんだよ、きっと。オレは、頭がとんがってるから、

小歩　ビリケンさんとか言われてさ——この良さ、わかるかな？　わかんねぇだろうなぁ、若い衆には」
吉「お父さん、その銭湯もうないよ」
小歩「え？　どういうこと？」
吉「つぶれたよ。今年の春」
小歩「うそ？　なくなっちゃったの？」
吉「知らないの？　あの辺、ハイグレード・マンションが建つんだよ」
小歩「オレの秘密基地が金持ちどもに？　くそぉ〜〜！」
吉「どうするの？　はやく他のイベント考えないとさ」
小歩「あ、そうか」
吉「これだけの本も読まなきゃダメだし」
小歩「うん。わかってる」
吉「一日なんて、アッという間だよ。ペース配分、考えてさ」
小歩「うん、そうだな」
吉「あれ、万年筆と原稿用紙もある」
小歩「あっ、そうだ。オレ、自叙伝書くんだった。それから、アレだ。ジグソーパズルを完成させて、プラモデルも組み立てなきゃなんないし。座禅して、今日中に悟らなきゃなんないし。うわぁッ！　今何時？　うわぁッ！　焦るぅ

〜〜苦しいよぉ」

音楽入って――

例えば古川ロッパのお風呂の歌（※注1）みたいな。

※注1

映画『東京五人男』で、古川ロッパがドラムカンのお風呂に入って歌っていた曲。題名不明及び、あまりにも古いので無理かと思いますが、参考に歌詞をつけておきます。（リメイクあり）

♪お殿様でも　家来でも
お風呂に入る時は　みな裸
かみしも脱いで　刀も捨てて
歌の一つも　うかれ出る

「二〇〇二年の夏休み」

◉第二話『ゴミとお金の間』

平田小吉（父親）　四十四歳……会社員
平田小麦（母親）　四十五歳……主婦
平田　歩（娘）　十五歳……高一

西村「西村雅彦です。毎晩、真夏の夜の夢をごらんになってますか？　――ちょっとD・Jみたいな挨拶で、決めてみました。――真夏の夜の夢とくれば、シェイクスピア。シェイクスピアの名ゼリフとくれば、〈トゥ・ビィ・オア・ノット・トゥ・ビイ〜ドゥビイドゥバァ〜パパパヤ〜〉と、くれば、左卜全《ひだりぼくぜん》でした。何じゃ、こりゃ？　――それでは、CMの後ドラマが始まります」

走る車。

歩「はぁ、疲れたぁ」

小麦「思ったより、売れないもんねぇ」
小吉「なんだよ、なんだよ。オレを責めるのか？」
小麦「何も、お父さん、責めてないわよ」
歩「まぁ、でも、フリーマーケットに出品しようって言いだしたのは、お父さんだけどね」
小吉「家に、いらない物が多すぎるって、グチってたの、誰だよ。じゃあ、フリーマーケットに出そうかって言ったら、皆、賛成したじゃないの」
歩「お母さんよ、なかなか、捨てないの」
小吉「そうだよ。冷蔵庫のハム、アレ、もう捨てた方がいいぞ」
小麦「うん、もうちょっと、腐ってから」
小吉「ほら、これだもん」
小麦「だって、ふんぎり、つかないわよ。これでもか、っていうぐらい腐ってくれないとさ」
小吉「すっぱり捨てられないその性格が、うちをドンドン狭くしてんだぞ」
歩「お父さんだって捨てないよねぇ」
小吉「オレは、決断の男よ」
小麦「一度水割りに使った氷、洗って、また冷凍庫にしまうの、やめて下さいよね」

小吉「それは、コンビニで買ってきたイイ氷の時だけでしょ。家で作ったフツーの氷は、男らしく平気で捨ててるよ。オレ」

歩「(計算機の音) うわっ！　なんだコレ！　今日のフリーマーケットの売上げ二五二〇円だよ」

小吉「え？　それだけ？　アレは？　オレのブランド物のネクタイも入れた？」

歩「ネクタイは全部売れ残ってる」

小吉「なんで？　有名ブランドなのに？」

歩「だって、ニセモノだもん」

小吉「え？　だって、お母さんが本物だって」

小麦「人の目ってコワイわよねぇ。お父さんは、だまくらかせても、一般消費者はだませないもんねぇ」

小吉「ニセ物だったの？　オレ、会社で自慢しちゃったよ。うわッ〜専務にまで自慢したのに──恥かかせるなよぉ」

歩「やっぱり、売れない物は、売れないよね」

小吉「じゃあさ、オレの作品集は？」

歩「ひょっとして、古いノートのこと？　売ろうとしたら、中に詩みたいなの書いてあったやつ」

小吉「あ、それ、オレのポエム集」

歩 「〈帰ってくると　家族が待っていてくれる。当たり前のようで奇蹟的。ああ、ありがたい　ああ、ありがたい〉」
小麦「へぇ、可愛いところあるじゃない。ああ、ってところが実感こもってる」
小吉「安く売ったんじゃないだろうな、オレの作品を」
歩 「売れるわけないじゃない。お客さんに何も書いてなかったら買うのにって言われちゃったわよ」
小麦「お父さん、なんで消せるもので書いておかなかったのよ」
小吉「ありがたくも、何ともない家族だよなお前らは」
歩 「行きより、荷物、多くなってない？　なんだ、これ？　――あ、漫画だ。『ワンピース』だ。わッ、すごくたくさんある」
小麦「全部でね二十四冊。これ、面白いのよ」
小吉「お前が、買ったの？」
小麦「店番してても暇じゃない？　お隣の奥さんが貸してくれて、読んでたんだけど、これが、面白くてさ、店じまいするまで読み切れなくて、結局、全部、買っちゃった」
小吉「フリーマーケット行って、物、増やしてどーすんだよ。家ますます狭くなるじゃないか」
歩 「このデッカイ箱は？」

小麦「それは、お母さんのじゃないわ」
小吉「あ、それは、お父さんが買ったんだ」
小麦「何？　自分だって、不用品増やしてるんじゃないの？」
小吉「まぁ、不用品と言えば、不用品だけれども、オレが買ったのは、ちょっと贅沢なものでさ。見たら驚くぞ」
歩「(開ける) 何？　時計？」
小麦「鳩時計なんじゃない？」
小吉「ただの時計じゃないの。鳩のかわりにものすごく贅沢なものが、飛び出るんだから」
小麦「何？　贅沢なものって」
小吉「松茸時計。鳩のかわりに、松茸がニョキ・ニョキ・ニョキって時間知らせるんだよ。これからの季節にピッタリだ」
小麦「ヤよ。こんなのリビングに置くの、絶対、イヤですからね」
小吉「なんで？　リッチだと思うけどなあ。松茸」
歩「無駄だよねぇ。お母さん、これだけの物、どこにしまうの？」
小麦「物置、買おうかしら」
小吉「何のためのフリーマーケットだよ」
歩「ますます赤字だね。(計算機をカチャカチャ) あれ？　合わない」

小　麦「何が？」
歩「食器と本で二二〇〇円じゃない。で衣類とかが三〇〇〇円でしょ。あと、二〇円、何売ったんだっけ――」
小　麦「二〇円？　半端ねぇ」
小　吉「二〇円？　あ、オレ、それ売ったわ。黒くて小さい四角いヤツ。数字とか書いてある、テレビのリモコンみたいなヤツ」
小　麦「ヤだ。お父さん。それ、みたいじゃなくて、テレビのリモコンよ。私、出る時あわてて持ってきちゃったのよ」
歩「エ～ッ！　うちのテレビのリモコン売っちゃったの？」
小　吉「オレが命の次に大事にしてる？　あちゃ～～リモコンだったのかぁ。そういや持った時、馴染み深いもんがあったよなぁ」
小　麦「お父さん、なんで、そんなもの売るのよぉ」
小　吉「それより、なんで、そんなもん持って来るんだよぉ」
歩「その人――なんで、そんなもん買ったんだろう？」
小吉・小麦「え？　――さぁ？」
三　人「はぁ、疲れたぁ～～」
音楽入って――
例えば『悲しくてやりきれない』みたいな曲。

「二〇〇二年の夏休み」

◉第三話『恋愛と生活の間』

平田小吉（父親）　四十四歳……会社員
平田小麦（母親）　四十五歳……主婦

西　村「西村雅彦です。仕事帰りに、ドーンと音がするから見上げると、遠花火。疲れが吹き飛ぶ感じでした。華やかな仕掛け花火もいいけれど、地味な線香花火も粋なもんです。いずれにせよ、パッと瞬間に散ってしまういさぎよさに心ひかれます。第一、お金もかからないしぃ。え？　いさぎよさにひかれるなら、お金にこだわるなって。まぁ、そりゃそうですね。それでは、CMの後ドラマが始まります」

車を走らせている。

小麦「お父さん、やっぱり、クリーニング屋さんに寄った方がよくない？」
小吉「え？　そんなに汚れてる？」
小麦「うん、早い方がいいわ、これ」
小吉「夜にクリーニング屋なんて、開いてるのか？」
小麦「スーパーの中だったら、まだやってると思う」
小吉「じゃあ、寄るか（方向指示器の音）」
小麦「しかし、すごかったわよねぇ。ハルコさん」
小吉「おう、よそ様のナマの夫婦喧嘩って、オレ、初めて見た」
小麦「私だって初めてよ。本当に投げつけるのね、モノを。手当たり次第」
小吉「オレ、もろ当たっちゃったよ」
小麦「お父さん、小学校の時、ドッヂ・ボール、弱かったもんね」
小吉「ウチの場合、投げないよな」
小麦「夫婦喧嘩？　年とってからは、口だけよ、とりあえず。あと、ドンとか蹴るぐらい。投げない」
小吉「投げないよな。それと、人前で、やらないよ、あれだけのこと」
小麦「やんない。絶対、やんない。若い人はやるのね。私達がいるのにやるんだもんね。やっぱ、恥の感覚が違うのよ」
小吉「元々の原因がさ、どーも、物干し竿らしいんだよな」

小麦「物干し竿？」
小吉「旦那が、間違って短いの買ってきたらしいんだよ。だもんだから、うまく引っ掛からなくて、風が強いと、すぐ落ちたりするんだって、で、しょうがないから奥さんが、使い古したネクタイで、くくりつけたらしいんだな、その物干し竿が落ちないように」
小麦「そりゃ、洗いたての洗濯物が汚れると大変だもの」
小吉「旦那は、そのネクタイが、みっともないからやめろと怒ったわけさ」
小麦「でも、元は旦那さんが、間違って買ってきたのが始まりなんじゃない」
小吉「そうなんだけど、縛るのに、ネクタイはないと思うぜ」
小麦「そんなこと言うけど、使い古したネクタイって、困るのよね。使い道なくて」
小吉「だからって、物干し縛るか？　オレも見たけどさ、ベランダに、ネクタイの端がだらんって垂れ下がってるのが、なさけなくてさ。しかも自分のネクタイだぜ。イヤなものさ」
小麦「旦那が、ちゃんとした物干し買いにゆけば、それで済む話じゃない？」
小吉「旦那だって忙しいんだからさ、物干しぐらい、女が買えばいいんだよ」
小麦「女がって、どういうこと？　女がって」
小吉「いや、だから、男女同権なんだからさ物干し竿は、どっちが買ってもいいんじゃないかって話よ」

小麦「だったら、男が買えばいいじゃない」

小吉「いや、だから、男はさ、たかが物干し竿に、そんな種類があるなんて思わないし」

小麦「普段、家のこと、何もしないからわかんないのよ」

小吉「何もしないって言うけどな、オレだって、ゴミ出しと、風呂の掃除はやってるんだぜッ！」

花火の音。

小麦「あ、花火――花火じゃない？」

小吉「花火？　ほんとだ、音してら」

小麦「河の方よ」

小吉「あ、見えた！」

小麦「ほんと、見えた、見えた」

小吉「ちょっと待て、車、止めるから（車を止める）」

ひときわ大きい花火。

小麦「すごい。お父さん、見た？」

小吉「見事だなぁ――ここ、穴場だよ」

小麦「皆、よく知ってるわ。けっこう車止まってるもん。あ、カップルだわ。若いカップルのデートスポットよ、ここ」
小吉「場違いなんじゃない？　オレ達」
小麦「――ねぇ、私ら、今、何か言い合ってたよね？　何のことだっけ？」
小吉「物干しよ、人んちの」
小麦「あ、そうか――新婚さんのケンカが原因か」
小吉「新婚さんったって、もう二年目だもんあそこも」
小麦「考えれば、私達さ、恋愛結婚よね？」
小吉「なんだよ、急に。いい歳して、恥ずかしい事言うなよ」
小麦「もう、誰も信じてくれないかも」
小吉「だろうな。自分でも思い出せないもんな。一つ屋根で暮らしているとさ、恋愛感情って、消えるよな」
小麦「うん、間違いなく消える」
小吉「どこに、いくんだろう？」
小麦「私が思うに、恋愛って花火と一緒じゃないかしら。夜空にね、スゥーッて吸い込まれちゃうのよ、きっと」
小吉「跡かたもなくか」
小麦「そっ、見事なのも、ショボイのも、日常生活の中に、跡かたもなく、スッよ」

小吉「ってことは、ここにいるカップルも、いずれ、跡かたもないわけだ。カカカ、ざまあみろ、だ」
小麦「私さ、さっき言い合いになった時、ハルコさんみたいに、ケーキの箱、お父さんに投げつけてやろうって思ったけど、できなかったのよね」
小吉「そりゃ、一家の主《アルジ》だもん、オレ」
小麦「ケーキが、もったいなくてさ」
小吉「あ、そういうこと」
小麦「そんなふうにね、消えてゆくんだわ。情熱は」
小吉「花火、アレで終わりだったのかな」
小麦「終わったんじゃない？　帰ろうか？」
小吉「まだ、上がりそうなんだけどなぁ」
小麦「もう、私達にも、この先、花火は上がりそうもないしね」
小吉「そんな寂しい事、言うなよ。オレは、まだまだ上げる、つもりだぜ」
小麦「うそだぁ」
小吉「いやいや、本当の話。お、そろそろ帰るか？（発車）帰ったら、さっそく」
小麦「さっそく、何すんの？」
小吉「靴下を脱いで、着てるもの全部脱いでさ」
小麦「ヤダ、お父さん、何考えてるの」

小吉「パンツ一丁で、クーラーつけて、ビール飲みながら、プロ野球ニュース見る。くゥ〜ッ、こたえられないよなぁ」

花火の音。

小麦「あぁ〜、私の恋心が、空の彼方へ消えてゆくぅ〜〜」

音楽、『なんとなく　なんとなく』(井上順) が流れて——

◉第四話『生と死の間』

平田小吉（父親）　四十四歳……会社員
平田小麦（母親）　四十五歳……主婦
平田　歩（娘）　十五歳……高一

西　村「西村雅彦です。夏の食べ物といえば、トコロテン。あなたは酢醤油派ですか、それとも、黒蜜派ですか？　考えてみればトコロテンは妙な食べ物で、外国の人は気味悪がるそうで。――江戸時代の句に、〈めんるいの恥となりたる心太《トコロテン》〉というのがあります。なにもそんなに、悪口言わなくたって、ねぇ。思いますが。頑張れ、トコロテン！　――それでは、ＣＭの後ドラマが始まります」

――走る車。

小吉「今日、何日だっけ？」
小麦「十五日」
歩「もう十五日？　ヤバいよ。もう、終わりじゃん、夏休み」
小麦「わかるわぁ。私も二十五歳からだったもん。加速度つけて、年取り始めたの。四十四歳までアッという間だったわよ」
歩「飛躍しすぎよ。お母さん」
小麦「同じことよ。いずれわかると思うけど」
小吉「おッ、ちょっと待ってくれる？　オレ、花、買って来るわ」
車、止めて、出てゆく。
歩「なんで、お父さん、花なんか買うの？」
小麦「さぁ」
歩「前から気になってたんだけどさ。必ず八月十五日頃に買ってない？　花」
小麦「そう言われれば、そうよね。普段、絶対、花なんか買わないキャラだもんね」
歩「お母さんの誕生日だって買わないよ」
小麦「（怒）そうよ。本当、そうだわ。なんで八月十五日だけ、買うわけ？」
歩「誰かにあげるのかしら？」
小麦「ううん。家に飾ってる」

歩　麦「聞いたことないの？　なんで買うか」
小　吉「ない。ほんとだ、昔からよ。あんたが生まれる前からだ」
歩　麦「すごいミステリーだよ、それ」
小　麦「ヤだ。なんで？」
　小吉、花束持って入ってくる。
小　吉「これ、後ろ、頼むわ」
歩　麦「（バサッと受け取る）うわッ、ヒマワリだぁ。すごい、たくさん」
小　吉「安くするからって売りつけられちゃってさ。絶対、売れ残りだよな、それ」
小　麦「あの、お父さん？」
小　吉「（発車）ん？」
小　麦「なんで、花、買うの？」
小　吉「は？　なんでって？　――今、花屋が見えたからさ」
歩　麦「お父さん、必ず、八月十五日になると花買うじゃない？　――なんで？」
小　吉「うそ？　オレ、そんなことしてる？」
歩　麦「え、じゃあ、自分で、気づいてないんだ」
小　吉「え？　どういうこと？　何の話？」
小　麦「だから、お父さんは、毎年、今頃になると、花を買うのよ」
小　吉「え？　え？　なんでそんなことするの？」

歩「だから、私達も、それを知りたいんじゃない」
小吉「オレ、毎年買ってる？　本当に？」
小麦「歩、お父さん、とぼけてると思う？」
歩「本当に怯えてる目だね、これは」
小麦「じゃあ、本人も、知らず知らずのうちに花を買ってるってことか」
小吉「何なんだよ。お前ら」
小麦「謎は、深まるばかりだわ」
歩「お父さんさ、よく考えて。なんで、今日花を買おうと思ったの？」
小吉「うーんと。十五日って聞いて、ああ、花、買わなきゃなぁって――」
小麦「何のために？」
小吉「え？　何のため？　え――なんで、花買っただけで、こんなに問い詰められなきゃなんないんだよぉ。オレは、容疑者か」
小麦「誰かの命日とか？」
歩「あ、お父さんのお兄さん？」
小吉「兄貴が亡くなったのは、秋よ」
歩「謎だよねぇ」
小吉「わかったよ。もう今後一切、絶対、花なんか買いませんよ！」
小麦「何も怒ることないじゃない。ねぇ」

小　吉「あぶねぇな、あの自転車（クラクションを鳴らす）」
歩「お父さん！　感じ悪いよ。自転車に当たり散らすの」
小　吉「当たってないよ。本当にあぶないんだって、あの自転車」
小　麦「あの、イガイガの坊主頭の子？　歩と同じぐらいかしら」
歩「中学生だよ。すごい。あの子、この坂道、ママチャリで上りきるつもりだよ」
小　麦「根性よねぇ。頑張れ、イガイガ！」
小　吉「あッ！　――そうかッ」
小　麦「何よ？　どうしたの？」
小　吉「そうか。それだよ」
歩「何が？」
音楽――
小　吉「オレが、花、買う理由」
小　麦「お父さん、わかったの？」
小　吉「中学ン時、オレと同じ名字のヤツいたんだよ。平田ってヤツ。どういうわけか身長も同じぐらいで、成績も同じぐらいで、頭も同じイガイガの坊主頭でさ。いつも、お互い、意識してんだけど、話したこと、一度もなくてさ。そいつが、坂道でオレのこと抜いて行ったんだよ。自転車で。そん時、アイツ、

歩　小

振り返って、勝ち誇ったように笑ったんだよなぁ。その日だよ。そいつ海で死んじまってさ」

小　吉「え？　死んじゃったの？」

小　麦「そうよ。びっくりだろ？　なんだか、ひとごとのように思えなくてさ。オレもその海よく行ってたし、運動神経だって同じようなもんだし、なんでオレじゃなくてアイツだったんだろうってずっと考えてたらさ。オレが、生きてるのは、何かの偶然だなって思えてきてさ。たまたま、生き残ったんだよ。オレの方が。だったら、イガイガの分まで生きなきゃなんないって、そう思ったの」

音楽消える。

小　麦「それで、その子の命日に花を買ってきてたんだ」

小　吉「そう。この気持ちを絶対、忘れないでおこうって、心に誓ったの。オレ、生真面目な中学生だったから」

歩「イガイガ君のヒマワリだったんだ」

小　吉「でも、オレ、忘れてたんだな。そのイガイガのこと——偏差値がどうだとか契約がどうしたとか、結婚式に誰をよぶかとかさ、自分のことで精一杯で悪いことしたよなぁ」

小　麦「でも、忘れてなかったのよ。花だけはずっと買ってたんだもん」

歩「少しの出会いだったのに。――お父さん、何十年も覚えてたんだね」

小吉「炎天下の坂道でさ。坊主頭、上下させながら必死に自転車こいでたんだわ。シャツの柄も覚えてる。汗でワキんとこ、色が変わってた。踏みつぶした運動靴から汚いクルブシがはみ出てさ。真っ黒なうなじに、アイツの汗が、これでもかって、吹き出してた。あん時のアイツ、間違いなく生きてたよなぁ」

音楽途中から入って――

※最後の音楽は、例えば、終戦記念日ですので『さとうきび畑』みたいなの、いかがでしょうか？

「コンドー君、再び」

◉第一話『学校じゃ教えてくれない家族』

平田小吉（父親）　四十四歳……会社員
平田小麦（母親）　四十五歳……主婦
平田　歩（娘）　十五歳……高一
コンドー君（歩の友人）　十五歳……高一

西　村「西村雅彦です。西村とくれば、東村さん、いかがお過ごしですかぁ。西村、東村と続けば、〈いわずもがな〉の、北村さんでしょうか。けど、三人では〈心もとない〉ので、南村さんも集まっていただいて、麻雀大会するのは〈やぶさか〉ではありませんよ。——言う事がないのに、無理矢理喋ってるって？　〈ケンモホロロ〉ですねぇ——それでは、CMの後ドラマが始まります」

場所は空港の駐車場。

歩　「(叫ぶ)コンドー君！　こっち、こっち！」
コンドー君「(近づいてくる)平田さぁん！　あ、おじさんも、おばさんも、ごぶさたしてます」
小　吉「おう。元気そうじゃない」
小　麦「荷物、それだけ？　じゃあ、トランク入れることないわよ。乗って、乗って」
コンドー君「(乗ってくる)すみません。わざわざ、迎えにきていただいて」
小　吉「何年ぶりかな、日本は(発車)」
歩　「何言ってるの、お父さん。コンドー君がニュージーランドに引っ越したの、この春だよ。まだ、一年もたってないよ」
小　麦「ニュージーランドって、きれいな所なんでしょ？」
コンドー君「まぁまぁ――です」
小　吉「何？　向こうの学校、今休みなの？」
コンドー君「いえ、やってます」
小　麦「あら、わざわざ休み取って帰ってきたの？」
小　吉「違うよ。お父さんの仕事の関係で、一時帰国したんだよ。だろ？」
コンドー君「いえ、ボクだけ――あの実は家出してきたんです」
歩　「うそ？　家出したの？」

小　吉「家出って！　ニュージーランドから？　じゃ、じゃ、ご両親、知らないの？
　今、君が、ここにいること」
コンドー君「大丈夫です。一応、チチのパソコンにメール送っておきましたから」
小　麦「でも、心配してるわよ」
小　吉「そーだよ。なんで、家出なんかしたんだよ」
コンドー君「しいて言えば、親子関係？」
小　吉「何？　うまくいってないの？」
コンドー君「ボクの家は平田さんのところみたいに、そんなに親子じゃないし」
歩「うちも、他人が見るほど、そんなに親子じゃないよ」
小　吉「ちょっと待てよ。そんなにって、どういうことよ」
コンドー君「ボク、チチの事、もしかしたら嫌いかもしンないし」
歩「みんなそうだよ。父親のこと好きなヤツなんていないさ」
小　吉「なんて事言うんだよ。お前もオレの事嫌いってことか？　そりゃあ、『こんな薄いみそ汁が飲めるか』ってテーブルひっくり返そうとしたこともあったけどさ」
歩「ひっくり返そうとしたけど、テーブルびくともしなかったじゃない」
小　麦「そん時、お父さん、突き指して、痛い！　痛い！って大騒ぎしたのよね」
小　吉「重いんだよ、今のテーブルは」

歩　「お父さんってさ、自分の体の異変にはものすごく敏感なのよね」
小麦「そうね。停電した時もさ、急に目が見えなくなったって大騒ぎしたしね」
小吉「あん時の事は、もう言わないっていう約束だろ！」
コンドー君「いいな、平田さんちは」
歩　「え？　何が？」
コンドー君「家族って感じだもん。会話もあるし。うちなんかと全然違うよ」
小吉「（得意）まぁ、うちなんか、いい方だよな。家族としては」
歩　「家で何かあったの？」
コンドー君「んー、いろいろ。例えば、チチの誕生日にプレゼントしたスリッパ、全然使ってくれないとか――」
小麦「子どもからのプレゼントだから、大事にとってるのよ。そんなもんよ、親は」
コンドー君「それが、そのスリッパ、いつの間にかカメのベッドになってたんです。『亀吉ちゃ～ん、もうおねむでちゅか～』って、チチはやっぱり、ボクより亀吉の方が大事なんです」
小吉「いや、だけどね、悪気があって、やったことじゃないと思うよ」
歩　「それで家出してきたのか」
小麦「今日、家に泊まったら？」
小吉「そうだよ。気が済むまでいていいからさ。そんなこと、いつまでもクヨクヨしないで、気分変えてさ」

コンドー君「いいんですか？　すみません」

小　吉「でも、その前にだ（携帯を出してくる）この電話で、心配してるお父さんに、ちゃんと説明だけは、しときなさい。親子なんだから、話せば、わかるって」

コンドー君「はぁ（携帯を受け取る）あッ」

小　吉「ん？」

コンドー君「これ、おじさんのケイタイですか？」

小　吉「うん、そーだけど？」

歩「あッ！　ダメだよ、お父さん、それ」

小　吉「何が？」

コンドー君「このケイタイについてるストラップ――ボクが平田さんの誕生日にあげたヤツだ」

小　吉「え？　このムーミンパパ、コンドー君が歩にあげたヤツなの？」

歩「だって、お父さんが、欲しいって言うからさ」

小　吉「だって、お前がいらないって言うからさ、じゃあ、オレが使おうかって――」

小　麦「そうよ。ゴミ箱に捨ててたの、お母さんが拾ったんじゃない」

コンドー君「ゴミ箱――」

小　吉「お前、バカ——どーするんだよ、コンドー君、煮詰まっちゃったじゃないか」
歩「違うからね。コンドー君のだから、人にあげたってわけじゃないんだからね」
小　吉「そうだよ」
歩「コンドー君の物だけじゃないんだからさ。例えば、お父さんからもらった物も私、黙って捨てたりしてるし——」
小　吉「そうそう——え？　捨てたって、何を」
歩「だって、趣味あわないんだもん。あのネズミのぬいぐるみ」
小　吉「アレ、捨てちゃったの？　オレが歩のために半日かけて選んだ、あのネズミちゃんを？！」
小　妻「あ、それね。私、ゴミ箱から拾っておいた。オキュートにあげたら、ものすごく喜んじゃって」
小　吉「何？　犬の玩具にしちゃったの？」
コンドー君「おじさん、それひょっとして、この真っ黒なヤツじゃないですか？」
小　妻「あ、そこにあった？　コンドー君、汚いから触らない方がいいわよ」
歩「うわッ、本当。汚ねぇ」
小　吉「（憤慨）歩、お前——オレの真心を、こんなに真っ黒にしやがって！」

歩「お父さん、落ちつきなよ。話せばわかるって。親子なんだから」

小吉「わかんねぇよ！　オレ、こんな家、絶対出てってやるッ！」

◉第二話『ウォーキング・クローゼット』

平田小吉（父親）　四十四歳……会社員
平田小麦（母親）　四十五歳……主婦
平田　歩（娘）　十五歳……高一
コンドー君（歩の友人）　十五歳……高一

西　村「西村雅彦です。なるべく、街で人を観察するように心掛けていますが、思い出し笑いをしている人って、結構多いンですよね。こう、独特の目つきでにやにやしている人。どうです？　皆さんも、そういう人、思い出しませんか？　ほら、そんな人の事を考えただけで、思わず笑いがこみ上げてきませんか？　これぞ、思い出し笑いの輪！　――それでは、CMの後ドラマが始まります」

走る車の中。

歩　「お父さん、何なのよ。家で話せないことって」

小吉「うん、家族会議というか」

小麦「わざわざ、車に乗って家族会議？」

小吉「家だと、コンドー君がいるだろ」

歩　「コンドー君に聞かれたらマズイ話なの？」

小吉「というか。コンドー君がニュージーランドから家出してきて、家で面倒みることになったわけだけど、それに当たってだな、いろいろ、技術打合せをしておこうと思ってさ」

小麦「打合せって、何の？」

小吉「つまり、例えばだな、オレ、会社から帰ってきたら、『ただいまんまん』って言うじゃない？」

小麦「私は、『おかえりんりん』って言ってるわねぇ」

小吉「それ、コンドー君が見たら異常だと思うんだよな。だから、平田家では、お客さんのいる間はそういう事は極力、排除しようと思うわけ」

歩　「つまり、家族の恥をさらさないってこと？」

小麦「私たち、他に、そんな恥ずかしいことしてる？」

小吉「『あッ、この家、割り箸、洗って使ってる！』とか思うんだよ、人は。箸置きとかも使った方がいいと思うな。家ないの？　箸置き」

小麦「いいじゃない。コンドー君なんだし」

小吉「何言ってんだよ。ちゃんとした呑み屋には、必ず箸置きがあるんだから」

歩「じゃあさ、応接間の鷹の置物もしまった方がいいんじゃない？　あれダサいし」

小吉「応接間じゃなくて、リビング。この際呼び方を統一しよう」

歩「リビングって、家族ダンランする場所なんだよ。私達、あそこでダンランしたことあったっけ？」

小吉「夏になると集まるじゃないか」

歩「あそこしか、クーラーついてないからじゃない」

小麦「私は、クーラーの部屋って呼んでる」

小吉「だから、統一しようよ。他にリビングに該当する部屋ないんだからさ」

小麦「じゃあさ、ツメキリの部屋は何て呼べばいいの？」

小吉「ツメキリの部屋なぁ。あれは、うーん寝室だよ。一応、今の時期、オレらあそこで寝てるわけだしさ」

歩「ピンとこないよね、寝室なんてさ」

小麦「そうよ。ツメキリの場所がわからなくなって困るから、ツメキリの部屋って呼ぶようになったわけじゃない？」

歩「そうだよ。やっぱり、ツメキリは、ツメキリの部屋にあるってことにしないとさ。お父さん、絶対、混乱するよ」
小吉「わかったよ。じゃあさ、せめて『ツメキリの間』にしない？　その方が高級だしな、な？」
歩「かわんないよ」
小麦「するとさ、あの物置になっちゃった部屋は、ウォーキング・クローゼットってことになるのかしら？」
歩「不用品のジャングル地帯だよ。あそこだけは、コンドー君に見せたくない」
小吉「あれは、うちの恥だよなぁ」
小麦「そうよね。私、あそこにしまってるアレ、人に見られたら、舌かみ切る」
小吉「何よ？」
歩「わかった。制服だ」
小吉「制服って？」
歩「私の高校の制服、買いに行った時ね、お母さん、衝動的に、自分のも欲しいって思っちゃったらしいのよ」
小吉「え？　まさか、お母さん、自分のも作ったんじゃないだろうな」
歩「作ったの。サイズはかってもらって」
小麦「だって、歩の高校の、かわいいんだもの」
小吉「お前、それ着たの？」

小麦「うん、一回だけ」
小吉「やめてくれよ。マジ、離婚だぞ。それだけは、ほんと。洒落になんない」
小麦「わかってる。私も無謀なことしてしまったって反省してんだから」
小吉「あの部屋に、その制服があるわけ？　怖いよなぁ」
小麦「言っておきますけどね。あそこにはねお父さんの汚点もあるんですからね」
小吉「何よ、オレの汚点って」
歩「電子レンジだよ。お父さんが靴下、チンしちゃった」
小吉「アレは、電子レンジで温めると、水虫が死滅するって、人が言うからさ、本当かなって思って、つい」
小麦「非常識よ。あと、使えないじゃないの」
小吉「あの時は、深く考えなかったのよ。だから、オレのヘソクリで新しいの買っただろ」
小麦「あのレンジ、きっと、まだ靴下、入ったままよ。開けるのもヤだったから」
小吉「なんで捨てないんだよ」
小麦「壊れたわけじゃないもん。捨てられないじゃない」
小吉「コンドー君に言うなよ、そんな話」
歩「言うわけないよ。そんな、かっこ悪い話」
小吉「オレ、五年ぐらい入ってないな、あの部屋に」

小麦「私も。嫁入り道具で持ってきた紅茶キノコも、押し込んで、そのままなのよねぇ。あれ、どうなってるのかしら」
歩「うそ？　お母さん、ヤだぁもう」
電話の音。
歩「（電話出る）はい。あ、コンドー君。うん——え？　洗濯？　ちょっとヤだぁ。やめてよ、そんな事（家族に）コンドー君暇だから洗濯しましたって言ってる」
小麦「お父さんのパンツ、繕《つくろ》ってたの、バレたかしら」
小吉「なんで、新しいの買ってくんないのよ」
歩「（電話）え？　今から掃除するの？　いいって、しなくてもいいよ（家族に）お父さん、物置の部屋、掃除するって言ってるけど」
小吉「ちょっと待て！（叫ぶ）開けるんじゃないぞ！　その扉を開けると、大変なことになるぞ！」
歩「（電話）ダメだって。あのね、その部屋の扉を開けるとね——」
電話のコンドー君「（何やら落ちてくる音）うぎぁっ〜〜！」
歩「もしもし！　大丈夫？　もしもし！　コンドー君、うちのウォーキング・クローゼット、開けちゃったみたい」

◉第三話『崩壊なんかこわくない』

平田小吉（父親）　四十四歳……会社員
平田小麦（母親）　四十五歳……主婦
平田　歩（娘）　十五歳……高一

西　村「西村雅彦です。ペットにまつわる商品が次々に開発されていますが、やがて、ペットの口臭を爽やかにする食べ物も出てくるかもしれません。となると、例えば犬は、『なるほど、口臭は良くないことなんだ』と学習したりして。――可愛がろうと抱き上げて、顔を近づける時など、人間の口臭に犬がいやーな顔をして、肉球で鼻を押さえる日がくるかもしれません。――それでは、CMの後ドラマが始まります」

走る車の中。（小麦の運転）

小吉「（少々酔ってる）う〜、今日は、よく呑んだなぁ」
小麦「お父さん、大丈夫？　気持ち悪くなったら言ってよ」
小吉「大丈夫。悪かったな、わざわざ迎えに来てもらって」
歩「お父さん！　大変だよ」
小吉「おッ、緊急事態の概要は？」
歩「家族って、すでに崩壊してるんだって！」
小吉「ホーカイ？」
小麦「壊れてるってことよ」
歩「家族は、もう機能してないんだって」
小吉「誰がそんなこと言ってンだよぉ」
歩「ほら、この本のここんとこに、載ってる。もう家族は崩壊してしまいました、って」
小吉「そんなこと書くのは、さしずめインテリだな」
小麦「そうそう。私も読んだ。この人、なかなか冴えたオピニオン・リーダーよね」
小吉「どれ？　このタマネギみたいな顔のヤツがオピニオン？　オニオンじゃねぇか。なーにが家族崩壊だよ。楽しくわきあいあいと、こうして酔っぱらった父親を迎えにきてくれる家族もほら、こうして、ここに現実にいるんだぜ。

なーにが。ハァン」

小麦「でもね、家族が社会の最小単位としての役割を、もう果たせなくなってるのは事実なのよね」

小吉「何だよ。お前まで。家族がなくなったらファミリーレストランは、どーなるんだよ。ホームセンターも、そこの家族寿司も、存在しなくなるってことだぞ」

歩「社会がシステムの不備を調整することが、もう出来ないんだよ。末端の家族が崩壊してゆくのは当然よ」

小吉「ホーカイ、ホーカイ。――今の洒落ね。そうかい、そうかいのシャレ――そうだッ！　コンドー君、どうしてる？　あの家出少年は。よし、明日は豪華に、アイツのために、家族団欒、ひとつ鍋をつついて、すき焼きということにするか？」

歩「だから、家族は崩壊したんだから、家族ダンランは、もうないのよ」

小吉「じゃあ、オレらは何だっつーの？　父親だよ、オレは」

歩「父親ねぇ」

小吉「何だよ。不満なのか。オレが父親で」

小麦「父親ってわりには、ちょっと女々《めめ》しいとこあるもんねぇ」

小吉「どこが？」

小麦「だって、この間さ、松茸、安くなってるから買おうかって言ったら、せっかく味を忘れた頃なのに、今食べたら来年が辛くなるから、やめておこうって」

小麦・歩「せこいよねぇ」

小吉「そこまで言うなら、買おうじゃない。オレのゴールドカードで。すき焼きに入れようじゃないの。ドーンと」

小麦「ゴールドカードなんて持ってないじゃない。いいわよ、無理しなくても」

小吉「無理なんかしてないよ。松茸買うんだもんな、オレッ！　もう怖いもんなんか、ないもんな、松茸買う男だもんなッ！」

歩「お父さん、酔いがまわってきたんじゃない？」

小吉「コンドー君が家に来てから、なーんかオレ、疎外されてんだよな。オキュートもさ、犬のくせに、コンドー君にぺこぺこお愛想しちゃってさ。オレ、見たもんね。こうやって、揉み手してんの。肉球すりあわせて、ヤな犬だね」

小麦「妄想よ、それ」

小吉「疎外されてんだよ。オレは。クイズ番組、オレの領域だったんだよね。オレ、大学ン時、クイズ研究会だったからさ。なのに、コンドー君、ものすごく答えるじゃん？　オレの歴史問題も、答えちゃうじゃん？　みんな、すごい、すごいって褒めるじゃん？　——あれって、疎外なんだよね」

歩　「お父さん、そんなこと気にしてたんだ？　そっか、ごめんね」
小吉「いいの、いいの。オレが小さいの。だから疎外されるの。お母さんだってさ、コンドー君が来てから、なーんか、どういうの？　華やいでるンだよね。化粧とかなぜかキチッとしてんだよねぇ」
小麦「そんなわけないじゃない。コンドー君子どもじゃない。やーね」
小吉「いや、いいの。それが当たり前かもしれないの。マンネリだったもんね。うちの家族。ちょっと変わった事があったらみんなウキウキする気持ちわかる。うでもさ、それって、なんか、お父さんは力不足ねって言われてるみたいに思うわけ。すびばせんね（すみませんね）。力不足のお父さんで」
歩　「そんなこと誰も思ってないよ。ねぇ」
小麦「妄想よ。酔っぱらいの妄想」
小吉「妄想じゃないッ。いつも、バラバラにメシ食ってンのに、コンドー君が来てから一緒に食べるようになったのは、どういうわけだ？　それから、ご飯、終わったら、みんな、てんでバラバラに散ってゆくのにさ、コンドー君がいるとさ、食後みんな集まって、ダラダラしてんじゃないか。アレこそ、世に言う家族団欒なんじゃないか。そんなこと、今まで皆しなかったじゃない。なんだよ。オレは、家族の長としての資格が、ないってことか？　そういうことか？」

歩　「わかった、わかった。お父さん、誰もそんなこと思ってないからさ。大丈夫だって。安心して寝な」

小吉　「ん――オレ、大丈夫なの？　本当に？　ダイジョウブ？　ん――（寝てしまう）」

歩　「寝ちゃったよ、お父さん」

小麦　「家族崩壊より先に、お父さんが崩壊しちゃったわねぇ」

歩　「お父さんにも、いろいろ、プレッシャーとかが、あるんだね」

小吉　「（寝言）ほんとなんだよ」

小麦　「あら、起きちゃったの？」

歩　「しーッ！　寝言だよ」

小吉　「（寝言）飲みつぶれても迎えにきてくれる家族が、オレにはいるんだよ。だから、大丈夫なんだぁ。オレは」

歩　「はいはい、大丈夫だからねぇ――まるでお父さんの母親だね、私」

小麦　「いいんじゃない？　これからはリサイクル家族よ。じゃあ私、母親やめて、女子高生やっちゃお～かなぁ♡」

小吉　「（寝苦しい）う～ん」

歩　「お父さん、うなされてる」

◉第四話『ジブリでお別れ』

平田小吉（父親）　四十四歳……会社員
平田小麦（母親）　四十五歳……主婦
平田　歩（娘）　十五歳……高一
コンドー君（歩の友人）　十五歳……高一

西　村「西村雅彦です。突然、雨が降ってきた時、〈男らしさ〉が、試されるんだそうです。ぼんやり、あてもなく、雨宿りしていては、とても、出世できそうもないなーんてね。ちゃっかり、折り畳み傘を取り出すのは抜け目なく、卑怯な感じ、友達がいなそう。慌てて走りだすのも小心者。雨に濡れるぐらい大した事ないって悠然と歩いていくのが、男らしいんでしょうねぇ。風邪ひいちゃうかも知ンないけど——それでは、ＣＭの後ドラマが始まります」

走る車の中。

小　吉「飛行機、間に合いそう？」
コンドー君「大丈夫です」
小　麦「でも、よく帰る気になったわね」
歩「そうだよ。なんで帰る事にしたの？　せっかく、ニュージーランドから家出してきたんだから、もっといればいいのに」
コンドー君「平田さんちで、ビデオとかＤＶＤ見てて気が変わったって言うか――」
小　吉「ビデオって？　家にあるビデオ、見たってこと？」
コンドー君「はい。すみません。勝手に見せてもらいました」
小　吉「ど、どこにあったビデオ？　まさか、パソコンの裏に隠してたヤツ？」
小　麦「ヤだぁ、お父さん。Ｈビデオ、隠し持ってンじゃないでしょーね」
小　吉「子どもの前でなんて事言うんだよ。ンなわけないだろう。ヤだなぁ。ハハハまさか、コンドー君、見たの？」
コンドー君「ボクが見たのは、宮﨑駿です」
小　吉「あぁ、アニメ？　なんだ、なんだ、ドキドキさせやがって」
小　麦「アレでしょ。〈となりのトロロ〉」
歩「お母さん、違う。トトロ」
小　吉「そうだよ。それじゃあ、芋だよ」
小　麦「一番最初に間違えて覚えると、ずっとそうなっちゃうのよね――トトロね」

コンドー君「いや、ボクが見たのは――」
小　吉「わかった！　アレだ。中林だ！」
歩　「何？　ナカバヤシって」
小　吉「いるんだよ。オレの友達で、大阪出身のヤツ。そいつの口癖がさ、『なんしか』でよ。『なんしか、忙しいんや』とか言うのよ。〈とにかく〉っていう意味らしいんだけどさ」
小　麦「あの、風の谷中学校に勤めてる中林さんのこと？」
小　吉「そう！　風の谷のナンシカ！」
歩　「風の谷のナウシカだよ、それ」
コンドー君「いえ、風の谷のナウシカじゃなくて――」
小　麦「ああ、ネコの宅急便？」
小　吉「それ、実在するぞ、お前」
歩　「お母さんさ、〈魔女の宅急便〉と〈猫の恩返し〉が、ごちゃ混ぜになってない？」
小　麦「あ、そっか。魔女の宅急便だわ」
コンドー君「ボクが見たのは、魔女の宅急便じゃなくて――」
小　吉「わかった！　みなまで言うな。アレだ。〈おもひでポンポコ〉だ。な」
コンドー君「あのー、ポンポコは、平成狸合戦じゃないでしょうか？」

歩　「そうだよ。ぽろぽろだよ。〈おもひでぽろぽろ〉」
小吉「うんうん、そうとも言うな」
歩　「そうとしか、言わないよ。なんで、家《うち》の親は知ったふりするのかなぁ」
小麦「皆、アレ、忘れてるわよ。ベニブタ」
歩　「何？　ベニブタって？」
小麦「ほら、あったじゃない。ベニブタが飛行機に乗る話」
歩　「それ〈紅の豚〉だよ」
小麦「あ、クレナイって読むんだ。ヤだぁ。私、ずっとベニブタだと思ってた。ほらチャーシューってフチ、赤く染めてるじゃない」
小吉「お前、ホント、中途半端な覚え方してるよなぁ」
コンドー君「おじさん。蚊に歯が何本あるか知ってますか？」
小吉「え？　なんだよ、いきなり。蚊？　夏に出てくるあの虫の蚊のこと？　歯なんてあるの？」
コンドー君「実は四十七本あるんです。じゃあ、蛍の歯は何本か知ってますか？」
小吉「ホタルの歯かぁ？」
コンドー君「そう〈火垂の墓〉」
歩　「ああ、〈火垂の墓〉忘れてたよね」
小吉「何？　今の洒落なの？」

小　麦「コンドー君が見たビデオって、〈火垂の墓〉なんだ」
コンドー君「いえ、違います。ちょっと、ボクも、ボケてみたかっただけで——」
歩「私、アレ好きだったな。〈耳をすませば、海が聞こえる〉——私、泣いちゃったもんね」
コンドー君「平田さん、〈耳をすませば〉と〈海がきこえる〉は、全然、別の作品だよ」
歩「え？　そうなの？　私、どっちで泣いたんだっけ？」
小　吉「知らないよ。本当に、いいかげんだよな、うちの家族どもは」
小　麦「あ、大事なの忘れてた。ほら、〈千と千尋の神隠し〉」
コンドー君「あのー、ボク、あの作品の、モノマネ、ちょっと出来るんですよね」
歩「うそ。聞きたい」
小　麦「やって、やって」
コンドー君「（ハクの物真似）」
歩「すっごーい。本物のハクみたい」
小　麦「うまーい」
小　吉「オレだって、出来るさ（物真似）」
歩「何、それ？」
小　吉「覚えてない？〈もののけ姫〉に出てくる○○（再び物真似）」
歩「誰？　それ。覚えてない」

小　麦「そんな人、出てきたっけ？」
小　吉「なんでぇ？　ものすごく似てるのにぃ〜」
歩「まだ、コンドー君が見たアニメ、出てこないの？」
コンドー君「みんな、一番大事なの忘れてませんか？　ほら、あるじゃないですか。すごくいい話。少年が活躍する」
小　麦「少年が活躍ねぇ——」
小　吉「あ、アレかぁ。ほら、アレだよ。おばぁさんも活躍するんだろ？」
コンドー君「そうです。それです」
小　麦「ああ、アレね」
歩「そっか、アレかぁ。でもさ、アレ見て家に帰ろうって気になるかなぁ」
コンドー君「あの中で、でっかい樹が出てくるじゃない？　ニュージーランドの家の近くにもあるんだよね。ものすごく古い樹が。なんか、それ思い出しちゃって、急に帰りたくなってしまって——」
小　吉「いや、わかるよ。コンドー君の気持ちは。アレを見りゃ、誰だって家族の元に帰りたくなるって」
コンドー君「いいですよね、あの作品」
小　吉「うん、いつ見てもいいよなぁ」
小　麦「いいわよねぇ」

小吉・小麦・歩「〈となりの山田くん〉」

コンドー君「は？　いえ、あの――〈天空の城ラピュタ〉なんですけどぉ」

小　吉「あっ、そっちか。なんだ。ハハハ〈天空の城ラピュタ〉ね。アレはいいッ！
絶対、感動するッ――で、どんな話だったっけ？」

「コンドー君、再び」

◉幻の第四話『これが大人の別れだ』

平田小吉（父親）四十四歳……会社員
平田小麦（母親）四十五歳……主婦
平田　歩（娘）十五歳……高一
コンドー君（歩の友人）十五歳……高一

西村「西村雅彦です。突然、雨が降ってきた時、〈男らしさ〉が、試されるんだそうです。ぼんやり、あてもなく、雨宿りしていては、とても、出世できそうもないなーんてね。ちゃっかり、折り畳み傘を取り出すのは抜け目なく、卑怯な感じ、友達がいなそう。慌てて走りだすのも小心者。雨に濡れるぐらい大した事ないって悠然と歩いていくのが、男らしいんでしょうねぇ。風邪ひいちゃうかも知ンないけど——それでは、ＣＭの後ドラマが始まります」

走る車の中。

小　吉「飛行機、間に合いそう？」
コンドー君「大丈夫です」
小　麦「でも、よく帰る気になったわね」
歩「そうだよ。なんで帰る事にしたの？　せっかく、ニュージーランドから家出してきたんだから、もっといればいいのに」
コンドー君「一応、家出の目的は、はたしましたから」
小　吉「何？　コンドー君、今回の家出、目的あったの？」
コンドー君「はい。自分が、大人なのか、子どもなのか、確かめようと思って」
歩「そんなこと、確かめる方法なんて、あるの？」
コンドー君「小学校の時、校庭にポプラの樹があったでしょう？」
歩「ああ、でっかいの。あったわね」
コンドー君「あそこに、ボク、その時、一番好きだったもの埋めたんだ。で、決めたの。大人になって、これを見た時、下らない物だなぁって思ったら、もうボクは子どもの心を忘れた大人なんだって」
歩「コンドー君、それ、掘り起こすために、日本に帰ってきたわけ？」
コンドー君「そう」
小　麦「あらぁ、飛行機代もったいない。言ってくれたら、私が掘ってあげたのに」
小　吉「そんなタケノコみたいに言うなよ——で、どうだったの？　掘り返して、あったの？　その宝物は？」
コンドー君「ありました。北海道のクッキーの缶にちゃんと、まだ入ってました」
歩「何、入れてたの？」
コンドー君「うん、マンガ。ポプラの樹の下で、そのボロボロのマンガ、読み返したんだけど、やっぱり、昔と同じところで泣いちゃって——」
歩「ってことは、コンドー君は、まだまだお子様ってことか？」
コンドー君「でも、前ほど、そのマンガ好きじゃなくなってたんだよね。好きは、好きなんだけど、一番って感じじゃ、もうないんだよね——その事が、ものすごく悲しい。おじさん、大人になるのってひょっとしたら、時間が過ぎる悲しさがわかっちゃうってことですか？」
小吉「よく言った！　そうだ。その通りだ。オレも、十三の時、犬の子をさ、人にあげちゃうの嫌で、でも家の事情もわかってるだろ。だから我慢して。もっと子どもン時なら、泣けたんだろうけど。子犬、渡した後、ダッシュして帰ったもんだよ。そん時、悲しくてさ。犬の事もそうだけど、自分の物わかりのよさがさ——大人になるって、哀しいよなぁ」
コンドー君「それです。ボクの言う大人の哀しみ」
小吉「だろ？　だろ？　そうか、コンドー君は大人になっちゃったんだね」
コンドー君「(寂しい) はい」

歩「何、二人で盛り下がってるンだろ」
小麦「お父さん、ここよ、ここ」
小吉「おッ、そうだな。（車止める）じゃあコンドー君。気をつけて帰れよ」
コンドー君「はい、ありがとうございます」
小麦「また来てよ」
歩「ガンバレよ」
コンドー君「（出てゆく）本当に、いろいろありがとうございました」
小吉「じゃあな！」
歩「バイバイ！――行っちゃったよ」
小麦「なんか、寂しくなっちゃうわね」
小吉「そうだな、一週間も一緒にいたら情が移るよな」
コンドー君「（戻ってきて窓を叩く）平田さん！　平田さん！」
歩「あれ、コンドー君？　何？（窓をあける）どうしたの？」
コンドー君「ニュージーランドに帰ったら、何かお礼に送りたいんですけど、何がいいですか？」
小吉「いいよ。何もいらないって」
小麦「そうよ。元気だっていう手紙だけでいいわよ」
コンドー君「そうですか？　じゃあ、本当にお世話になりました（遠ざかる）」

歩　「達者でなぁ――いっちゃったぁ」
小吉「かわいいとこあるじゃないか、何か送りたいなんて」
小麦「今時、珍しい子よねぇ」
コンドー君「（コンコン窓を叩く）あのぉ」
小吉「うわッ、な、何だ、コンドー君」
コンドー君「羊毛のセーターなんか、どうですか？　これから日本は冬になるし。ちょうどいいんじゃないかと思って」
小吉「うん、いや、ありがとう。じゃあ、お言葉にあまえて、安いのでいいからね」
コンドー君「じゃあ、送ります。さようなら（遠ざかる）」
小吉「なんか、律儀なヤツだな、コンドー君って」
歩　「お父さんになついてない？」
コンドー君「（コンコン叩く）あのー、おじさん」
小吉「うわッ、また？　何？　どうした？」
コンドー君「毛糸の帽子も、いいの売ってるんですけど、やっぱりセーターの方がいいですか？」
小吉「え？　あ、じゃあ、帽子の方、お願いします」
コンドー君「帽子ですね。わかりました。じゃあ、それじゃ（遠ざかる）」

小吉「おい、もう、戻ってこないだろうな」
歩麦「なんか、こっち振り向いてる」
小吉「別れ辛いんじゃないの？」
歩「こっち戻ってきた？　ダメだよ、帰ろう（車を出す）キリがないからな。ここは心を鬼にしてだな――」
歩「コンドー君、追いかけてくるよ。ものすごい悲壮な顔で追いかけてくる」
小麦「やっぱり家に帰りたくないのよ」
小吉「振り返っちゃダメだ。コンドー君は家に戻った方がいい人間なんだから」
歩「何か、泣いてるみたいだよ――」
小麦「靴も脱げちゃって、裸足で追いかけてくるわよ」
小吉「いや、もう大人なんだから、オレ達が手助けしちゃあ、いけないんだって」
小麦「でも、ちょっと、可哀相みたい」
小吉「いいんだって、これで。コンドー君は大人なんだから、あとは自分で何とかするさ」
歩「あれ？　これ、アイツの忘れ物じゃない？　パスポートとエアチケットだ！」
小麦「お父さん、はやく戻らないと」
小吉「いやいや、大人なんだから、そんなもんなくても何とか、自力でニュージーランドに――」

歩

「行けるわけないッつーのッ！」

※「道草」シリーズ中、最も異色の作品は、「コンドー君、再び」の第四話『ジブリでお別れ』である。この文庫で初めて活字で読まれた方は「なぜ唐突にジブリ？」という疑問が起きると思う。この第四話は、本当は全く異なる話だったのだが、こちらの都合で全編書き直しの依頼をした。どんな依頼かというと、この回の放送日にスタジオジブリの「天空の城ラピュタ」のDVDが発売されるのでそのプロモーションとして、洒落で「『ラピュタ』ネタ」を書いてもらえないか、というものだった。

そうしてあがってきたのが、洒落というより「ダジャレ」オンパレードの愛すべきジブリ賛歌コントだ。キャストのコンドー君役は「千と千尋の神隠し」でハクを演じた入野自由君だったので、彼に、劇中「ハクのモノマネ」をやらせるなんて一幕もある。空欄のセリフは、「怖がるな。私はそなたの味方だ」だった。ファン垂涎ものである。

対する我らが西村さんも、実はジブリ作品に出演している。「もののけ姫」の甲六役だ。同じく空欄の劇中のモノマネで何を言ったかは、今手元にCDが無いので、もはや覚えていない。そのセリフが何であったかにせよ、自由君の「ハクそのもの」の演技とは大違いで、西村さん自身よく覚えていなかったみたいで、本人のくせに、まるで似ていないというのが、結果オチになってしまった。『ジブリでお別れ』は、そんな事情で書かれたものである。今回は放送されなかった本来の「幻の第四話」も収録されているから、合わせて楽しんでもらいたい。ちなみに、この話をするのは、この場が初めてである。

（「道草」プロデューサー・高草木恵、筆）

「聖夜に集《つど》う」

◉第一話『サンタクロースに伝えてよ』

平田小吉（父親）四十五歳……会社員
平田小麦（母親）四十五歳……主婦
平田　歩（娘）十五歳……高一

西　村「西村雅彦です。今年の忘年会は、『大きな古時計』の大ヒットの影響か、童謡や唱歌を歌う人が増えてるそうです。「♪夏も近づく、八十八夜〜『茶摘み』」全然夏が近づいてないのに歌ったり。あるいは、飲まず食わずで、鉄道唱歌を六十六番まで歌ったりとか。「（地の底から聞こえるような声で）♪月の砂漠を〜『月の砂漠』」なんて陰々滅々と、歌って、宴会盛り下げちゃったり。愚か者どもが打ち騒ぐうち、本年も暮れていくのであります。——それでは、CMの後ドラマが始まります」

歩、乗ってくる。

歩吉「お待たせ〜」

小吉「何だ、郵便局って、小包受け取るためだったの？」

小麦「ねぇねぇ、誰から？」

歩麦「(包みを破ってる) コンドー君から。クリスマスプレゼント送ってきてくれたみたい」

小麦「へぇ、いいとこあるじゃない」

小吉「コンドー君は、ニュージーランドに引っ越しても、歩の事が忘れられないんだな」

歩「お父さんと、お母さんの分も入ってるよ」

小吉「え？ うそ？ ホント？ そっか、オレの事も忘れられないのか」

小麦「こういう気の遣い方、する子なのよ。歩と同じ年とは思えないわよねぇ」

小吉「オレの、どれ？ この大きいのかな？」

歩「えっーと、これだ (渡す)」

小吉「わッ、ちっせい！ (卑しい自分にハッとして) いやいや小さい方がいいもんだったりすんだよな。雀のお宿の教訓 (バリバリ開ける)」

小麦「なんで、すぐ開けるの？ 帰って開けなさいよ。下品だわぁ。もうッ、歩まで！」

歩　「(も、バリバリ)だって辛抱できないんだもん」
小吉「(バリバリ)そうだよ。こういう物はもらってすぐ見ないと――何だよ、お前だって、開けてるじゃないか」
小麦「(バリバリ)だって、私だけ辛抱するの損じゃないの」
歩　「あ、かわいいッ♥　毛糸の帽子だ」
小麦「あ、私も。いいじゃない。これ」
歩　「お父さん、何だった?」
小吉「これは――ロレックスの時計かな」
小麦・歩「えぇ～～ッ!」
小吉「いや、だから、その時計のね、写真を切り抜いたのが入ってたの。わざわざ、ラッピングした箱の中に。わかんねぇなぁ、なんでチラシの切り抜きなんか入れてるんだぁ?」
歩　「手紙ついてるよ(読む)おじさんは、ありきたりな物を贈るよりも、こういう粋な洒落を好む、本物の大人の男だと思われ――」
小吉「いや、好むよ、洒落は。うん、コンドー君は、オレの事、本当によくわかってるよなぁ――はぁ～～(ため息)いいね帽子」
小麦「コンドー君、変わりなくやってるのかしら」
歩　「うん、相変わらずヘンなこと書いてるよ(読む)『先日、とてもヘンな夢を見ました。サンタクロースが、ボクの所にやって来て、何でも欲しい物をあげると言うのです。ボクは、欲しいものが、なかなか思いつかなかったので、日本にいる平田歩さんの所へ行って、ボクのかわりに、願い事をかなえてあげて下さいと伝えておきました。サンタクロースは、歩さんの所へ現れましたか？』」

小吉「夢とは言え、出来る事じゃないよな、人にその権利を譲るなんてさ」

歩「そういえば、私、サンタクロースの夢見た」

小麦「コンドー君と同じ夢？」

歩「そう。でも、クリスマスだし、自分の欲望を満たすだけなのも、なんだかなぁって思えてさ、で、家にはオキュートって犬がいるので私のかわりに、その犬の願い事をかなえてあげて下さいって、言ったわけ、そのサンタクロースさんに」

小吉「いいことしたじゃないか。コンドー君から歩、歩からオキュートへ善意のバトンタッチか。たとえ夢でも、気持ちのいい話だよな」

小麦「あ！　そういや、私もその夢、見たかもしれない」

小吉「またまた、ほんとかよ」

歩「お母さんも見たの？　サンタクロース」

小麦「私んとこにも、何でも欲しいものを上げるって、出てきたわよ。ってことは、オキュートに、自分の願い事を言わずに、『お母さんの願い事をば、かなえて上げて下さいワン』って言ったのかしら？」

歩　「そうだよ。きっと、そうだよ」

小吉「犬が、そんな事いうわけないじゃないの。作り話だね。フン」

歩　「お父さん、ヒガミ入ってるよ――で、お母さんは？　どうしたの？」

小麦「私もさ、なんだか自分だけ願い事かなえてもらうの、悪いような気がしたから」

小吉「フン、善人ぶっちゃって――」

小麦「だから、お父さんの所へ行ってくれって――」

小吉「――え、うそ？　オレんとこ？　うわっ、そうなんだ。良かった。皆、オレの事、絶対、忘れてるんだと思ってたのに。そうか、お母さんが、言ってくれたんだ。オレんとこって――そうか、家族だよなやっぱり――うんうん」

歩　「お父さんの夢には、まだ出てきてないの？　そのサンタクロースさん」

小吉「うん、まだ出てきて――いや、オレ、ひょっとして見たような。あ〜、アレだ。オレ、見たわ、その夢――いや、オレさ、そんな事情で、サンタクロースが夢に出てるって知らなかったから言っちゃったんだよなぁ――新しい靴下、下さいって」

歩　「うそ？　なんで？」

小吉「だって、靴下、穴開いたのばっかしだったから、そろそろ新しいのって」

小麦「そうか、それで、今日、福引でお父さんの靴下、当たったんだわ」

歩「お父さんって、皆の善意を靴下に替えちゃったヒトなんだ」

小吉「そんなッ。知らなかったんだよぉ」

小麦「お父さんの欲望のせいで、善意の輪は途絶えたわね。ブチッて音立てて」

小吉「わかったよぉ（外に飛び出る）」

小麦「お父さん、どこ行くのよ！」

小吉（オフ）「ちょっと待ってろ！　オレ、とりあえず、何かいい事、してくるから」

小麦「いいことって、何する気なのよ！　――やだ、お父さん、靴下握りしめて、どこ行くつもり？」

歩「（実況）善意のリレー走者が十二月の街を駆けぬけてゆきます。平田選手、無事次の人に善意のバトンタッチなるのでしょうか――」

◉第二話『放浪パーティー』

平田小吉（父親）　四十五歳……会社員
平田小麦（母親）　四十五歳……主婦
平田　歩（娘）　十五歳……高一

西　村「西村雅彦です。今夜はクリスマス・イヴです。クリスマス・イヴと言えば、大きな袋を肩にかけ、頭巾をかぶり、長靴をはいた、子どもにやさしい大黒様がお馴染みです。え？　不服？　いいじゃない。『♪大黒様ぁ、カミン・トゥ・タウン〈サンタが街にやって来た〉のメロディで』そのまま、お正月まで滞在していただいて。来春はいいことばっかり。ね。――それでは、CMの後ドラマが始まります」

走る車の中。

歩　「あ～間違いだった」

小吉「何がだよ」

歩　「友達のクリスマスパーティーの方に行くべきだった」

小麦「しょうがないじゃない。今さらグズグズ言ったって」

歩　「だって、今年は家で、ものすごくレベルの高いホームパーティーするって言うからさ、私、断ったんだよ、友達の方」

小吉「嘘じゃないぞ。キリキリに冷えた本物のシャンパンと、ももいちご。料理は有名レストランのケイタリング。特製クリスマスバージョンセットに奮発して五千円アップのフォアグラ入りだ。そして、何より！　今年はニワトリじゃなくってターキー！　わかる？　モノホンの七面鳥よ」

小麦「ケーキだって、限定二百個の、超プレミアム。卵はウコッケー、チョコはベルギー産、砂糖はワサンボン使用」

歩　「虚しい。言葉を並べれば並べるほど恐ろしく薄っぺらくて、マジ虚しい」

小吉「このへんでいいかな？」

小麦「ダメよ。小金井さんの家、この辺だもの、見られちゃうかも」

小吉「そうだったな――もうちょっと先にするか」

歩　「家の中でやるからホームパーティーだよ。なんで、うちは車の中でやるわけ？」

小麦「だから、言ってるでしょ。まさか、今日、畳屋さんが来て、家中の畳、持ってっちゃうと思わなかったんだもん」
小吉「オレは、畳屋のオヤジに、ちゃんと言ったんだよ。今日はダメって。でも、ほら年末で、向こうもいろいろ、段取りがあってさ——それより、壁の塗り替えだよ。なんで今日みたいな日に来るの？」
小麦「私は来月って言ったわよ。向こうが今月と間違えちゃったの。断れないでしょう？　クリスマスで休むっていう息子を張り倒して連れてきたって言うしさ」
歩「ねぇねぇ、ホテルでやんない？」
小吉「何言ってるんだよ。予算オーバーで、オレのヘソクリまで出してるんだよ。ホテルなんて、そんな」
小麦「お父さん。ほら、あの暗がりんとこ、あそこなら目立たないんじゃない？」
小吉「そうだな。とりあえず、パーティー会場は、ここにすっか（車、止める）」
歩「えー、こんなとこで、フォアグラ、食ってもうまくも何ともないよ」
小麦「まずはシャンパンよね」
小吉「出た！　ヴーヴ・クリコの金ラベル！　いや、待てよ。車の中で開けるのは、まずいな。シート、汚れるよな」
小麦「貸して、外で開けてくる（出る）」

シャンパンのポンという音。

小麦（オフ）「きゃ〜〜！」

小吉「きゃ〜って、年か。きゃ〜って」

小麦「（乗ってくる）びっくりした。思ったより噴き出ちゃった」

小吉「おい、たれてるって、シート汚すなよぉ。シャンパングラス、どこ？」

小麦「あ、ゴメン。結局、持って来なかったんだ。これで飲んでくれる？」

小吉「なんで、かわりに湯飲みなんだよぉ」

小麦「家で割れてもいいヤツ、これだもん」

小吉「どうして、ここ一番ってとこで、そんな所帯染みたことするの？　クリスマスなんだよ。湯飲みでシャンパン？　そんなビンボー臭いこと」

歩「もうすでに、こんな狭い車の中で飲み食いすること自体、かなりビンボー臭いよ」

小麦「いいじゃない。中身はデラックスよ。ジャ〜ン！　ケーキです！　お父さん、ローソクに火つけるからライター」

小吉「え、オレ、持ってないよ」

小麦「なんで？」

小吉「だって、オレ、禁煙中だもん」

小麦「あ、そっか。え、じゃあ、火ないの？　どうするのよ、火」

歩「ローソクもつけられないんだ——ほんと、デラックスなクリスマスだよね」
小吉「わかったよ。どこかで火、かりてくるよ（出る）待ってろ」
歩「これって、楽しい？」
小麦「キャンプとクリスマス、足したみたいで楽しいじゃない」
歩「足せばいいってもんじゃないよぉ。私もう帰りたい」
小麦「帰っても、畳ないわよ」
小吉、あわてて車に乗ってくる。
小麦「あ、お父さん。はやいじゃない」
小吉「（エンジンをかけている。息も絶え絶え）ダメだ。ここ、危ない」
歩「何かあったの？」
小吉「（車を出す）発砲事件、あったって」
小麦「ええっ、この辺で？」
小吉「今、警察まで出て大変な騒ぎ。何かさ一発、銃声がして、女の悲鳴が聞こえたって。お前、聞こえた？」
小麦「えー、聞こえてない。ヤだわぁ」
歩「ひょっとしてさ、その銃声と悲鳴、お母さんじゃないの？」
小麦「何言うの、この子」
歩「シャンパン開けて、お母さん、キャ〜〜って叫んだじゃない？」

小吉「（驚愕）ああ〜〜。そーだよ。シャンパンの音が銃声に聞こえて——あちゃあ、パトカー二台も来てたぞ」

小麦「シャンパンの栓、現場に残してきた」

小吉「お前〜ッ！　どーするんだよぉ〜。絶対指紋とか残ってるぞ」

小麦「あ、そうだッ！」

小吉「何？　何かいいアイデア思いついた？　とりあえず何かわかんないけど、それ、実行しよう。な、ここは落ちついてだ——お母さん、何してんの？」

歩「シャンパンにティッシュ詰めてる」

小麦「だって、このまま置いておくと、シャンパンの気がぬけちゃうから」

小吉「あ、そうだって、シャンパンの事だったのか？　そうじゃないだろう、お前」

歩「お父さん、あれパトカーじゃない？」

小吉「もうわかったのか？　オレらが犯人だってことがよぉ。クソッ、逃げるしかないか？　こうなったら」

小麦「フォアグラ、明日まで持つかしら？」

小吉「バカ野郎！　オレ達に明日はないんだようッ！」

◉第三話『戦場のメリークリスマス』

平田小吉（父親）四十五歳……会社員
平田小麦（母親）四十五歳……主婦

西　村「西村雅彦です。今日はクリスマス。福音書に、次のような一節があります。『きつねには穴があり、空の鳥には巣がある。しかし人の子にはまくらする所がない』――あなたは、今夜帰る場所がありますか？　誰が待っていてくれるのですか？　――それでは、CMの後ドラマが始まります」

走る車の中。

小　麦「いよいよ、あと、五分ね」
小　吉「え？　何が？」

小麦「やっぱり、忘れてる」
小吉「何だよ。何があと、五分なんだよ」
小麦「忘れちゃったの？」
小吉「ヒント、くれよ。ヒント」
小麦「あと、五分で──夜中の十二時になります──ってことは？」
小吉「十二時ってとこが、ミソなの？　日付が変わるって事か？　わかった！　明日になると、何かあるんだよ。何？　記念日か？　あー、結婚記念日だ！」
小麦「何言ってるの。違うわよ。私達、八月のクソ暑いときに結婚したじゃない」
小吉「あ、そうか。そうだよ。暑かったよなぁ。クーラー、全然、利いてなかったよな、あそこ」
小麦「だから、ホテルにしようって言ったのにさ。ナントカ会館って、わけのわからない所でやっちゃってさ」
小吉「しょーがねぇだろ。先輩の顔をたてるために仕方なかったんだよ」
小麦「えー、そんな事情があったの？　私、聞いてなかったわよ。私、ホテルでやりたかったのに──だまされたってこと？」
小吉「で、何なんだよ。何が、あと五分なんだよ」
小麦「よく思い出してよ。十二月二十二日、日曜日、何があったか」
小吉「え？　日曜日──えっと、何だっけなぁ」

小麦「お父さんの体に異変があった日よ」
小吉「え、異変？　尿酸値が上がったとか、そういうこと？」
小麦「そういう数値的な事じゃなくて」
小吉「だって異変だろ？　コブができたとか？　あ、耳が突然良くなったとか？　で動物の言葉がわかるようになったとか、そういうこと？」
小麦「コブとか動物の言葉とか、お父さんの頭、日本昔話の教養しか入ってないんじゃないの」
小吉「だから、何なんだよ」
小麦「ほら、血が出たじゃない」
小吉「あッ、オレの歯グキから血が出たんだ――え？　なんで？　なんで歯グキから血が出たの？――あっ、そうだオレ、お前の腕に噛みついたんだよ。そしたら、お前の腕は何ともなくてさ、オレの歯グキから血が出たんだ。そうそう――でも、オレ、なんで、お前の腕に噛みついたりしたわけ？」
小麦「知らないわよ。突然だもん」
小吉「(不安) え？　何の理由もなく、お前の腕に噛みついたの？　大丈夫か？　オレ」
小麦「理由もなくそんなバカな事するわけないでしょう。ケンカしたの、私達は」
小吉「ああ、そっか。そうだ。大ゲンカしたんだよ、オレ達。で、口で負けて、思

小吉「あぁ――なるほどね。そういうことなんだ。つまり、今日が終わったら、ケンカが続行されるわけだ」

わず、腕、噛んじゃったんだ。オレって、卑怯者だよなぁ」

小麦「クリスマスの前にケンカしたんだけどそれじゃあ、楽しいクリスマスが台無しになるじゃないか、じゃあ、戦争でもクリスマスの間は休みになるっていうから夫婦ゲンカも、お休みにしましょうねって、そういう話になったんじゃない」

小吉「ああ――なるほどね。そういうことなんだ。つまり、今日が終わったら、ケンカが続行されるわけだ」

小麦「そう、平和状態は今日までよ」

小吉「わかったよ。じゃあ、きっちり十二時になったら、ケンカの続きしようじゃないの――よし、待ってろよ。今、気持ち盛り上げるからな――ところでさ、オレ達のケンカの理由は何だったんだ?」

小麦「ヤだぁ。そんなことまで忘れちゃったの?　信じられない」

小吉「教えてよ。理由がないと、気持ちが、こう、わき上がってこないよ」

小麦「理由はね――何だっけ?」

小吉「何だよ自分も忘れてんじゃないの。偉そうに言ってたくせにさ」

小麦「わかった。アレよ。お父さんの癖よ。毎朝、起きる時に叫ぶじゃない?『神よ我に起きる力を与えたまえ～～』って、アレが原因だったような気がする」

小吉「違うだろう。オレ、最近、それやめたもん。煙草と『神よ〜〜』ってヤツは」
小麦「そうだっけ？」
小吉「アレじゃないの？　『フフフ』って名前の店が出来たって、お前が言い張った一件」
小麦「お父さんも見たでしょう？　『フフフ』っていう看板のパチンコ屋さん」
小吉「『フフフ』じゃなくて『777』って書いてあったの。それをさ、絶対、『フフフ』って名前の店だって言い張ってさぁ。頑固だよな。そりゃあ、片仮名の『フ』と数字の『7』は似てるけどさ」
小麦「その話、去年よ。それが、ケンカの理由じゃないと思うわ」
小吉「じゃあ、何なんだよ――おい、もう十二時になっちゃうよ。どうするんだよ。理由、思い出さないのに、ケンカの続きなんか出来ないじゃないか」
小麦「ほんと、そうだわ」
小吉「マズイよ。もう秒読み段階だよ」
小麦「どうなるの？　こういう場合？」
小吉「そりゃ、思い出さないんだから、ケンカそのものは無効って事になるんじゃないの？」
小麦「そうよね。そうなるわよね。あら、あと三秒だわ、お父さん、頑張って」

小吉「うーん。と、言われても」
小麦「あーあ、過ぎちゃった！　クリスマス終わっちゃったわよぉ——私達、ダメね」
小吉「——実はさ、オレ、本当は覚えてたんだけどね、思い出さないふりしてたんだ。なぜかって言うと、またケンカするのイヤだったからさ」
小麦「うそ！　お父さん偉い！　心が広いわぁ。感激しちゃった。そーなんだ——で、ケンカの理由、何だったの？　教えて」
小吉「え？　理由は、うーん。今は言えない」
小麦「何？　思い出したってウソだったの？」
小吉「あ、いや、その——すみません。そう言ったら、喜ぶかなぁって——」
小麦「いつも、そうやって、人の事だますのよね。結婚式の時もそうよ、ホテル並みだって言われてさ。なのに貸衣装なんか二種類しかなくてさ、しかも一つはL寸でさ——」
小吉「あの——もうすぐお正月だし、その件は、年明けてから、ゆっくりしない？」

◉第四話『金なんて、いらねーか？』

平田小吉（父親）四十五歳……会社員
平田小麦（母親）四十五歳……主婦
平田　歩（娘）十五歳……高一

西　村「西村雅彦です。これからしばらく、人々が、楽しく、群れ集う季節になりました。でも、そんな機会にめぐまれない方は、ずいぶん淋しい思いをしていらっしゃると思います。とりわけ、若い人で、独りぼっちでいるあなた。にぎやかに、集まってる人達を羨ましく思っているかもしれません。けれど、みんな楽しそうに騒いでいるだけで、心の中はまちがいなく、孤独だぜ。年とるとそれがよく見えるんだけどねえ。では、そんなあなたに、少しでも、気持ちを呑気にして貰いたくて、ＣＭの後、ドラマが始まります」

走る車の中。

小吉「オキュート、悪く思うなよ」

オキュート「う、わん」

小吉「本当は、お前のこと、手放したくないんだけどさ、こっちにも、いろいろ、事情があってよ」

歩「事情って何？」

小吉「うわっ！　な、なんだよ、なんで、歩が乗ってるんだよ」

歩「だって、怪しかったもん。やたらキョロキョロしちゃってさ。オキュート、車に乗せて、お父さん、どこへ行くつもりなのよ」

小吉「いや、別に、散歩だよ、散歩」

歩「なんで、車で犬の散歩なの？　おかしいじゃない」

小吉「だから、たまには、遠くへ連れて行ってやろうかなって――」

歩「手放すって言ってなかった、今。オキュートを手放すって」

小吉「いや、だから、それは――」

歩「何？」

小吉「言えない。死んでも言えない。オレの事、絶対鬼って言うに決まってるもん」

歩「何？　鬼のようなことを、しようとしてるわけ？　今、これから」

小　吉「だから――いやだなぁ。言いたくないなぁ――あのね、オキュートの事をね、ものすごくいい犬だって褒める人がいるわけさ」
歩　吉「その人が欲しいって言ったのね」
小　吉「そうなんだよ。よくわかったな。で、あげる約束しちゃったわけよ」
歩　吉「あげるって？　オキュートは家族だよ」
小　吉「だって、お前――百万出すって言うんだぜ」
歩　吉「ひゃくまん？」
小　吉「あ、今、オレの事、人でなしって思ったでしょう？　そんな顔してるもん。いやオレも断ったのさ。そんな事出来ませんって、そしたらさ（車を止める）」
歩　吉「なんで、車、止めるのよ」
小　吉「驚くなよ（封筒を取り出してくる）じゃあ、これで、どうですかって、オレのポケットに、こう、ねじこむんだよ。見てみな、その袋の中身」
歩　吉「（見る）ゲンナマじゃん！　めッちゃ、ぶっとい（太いという意味）」
小　吉「二百万よ。気が変わらないように前金で渡しておくって言われてよ」
歩　吉「すげぇー、こんなに現金見たの、初めて。ふわ～キャッシュの匂い」
小　吉「な、揺れるだろ。現金見ちゃうとさ」
歩　吉「――」

小吉「何、黙ってるの？　何か言ってくれよ」

歩「で、売っちゃうわけだ」

小吉「だって、二百万だぜ、しかも新札！」

歩「オキュートは、うちの家族だよ」

小吉「でも、二百万のキャッシュだぜ。税抜きの丸々の二百万円よ」

歩「お父さん、税金の申告しないつもりなの？　これは、売買契約よ。家族を売買しちゃうってことよ」

小吉「家族、家族ってうるさいんだよ。いいじゃん。使っちゃおうよ。パァーッて、二百万！　気持ちいいぞ。この世はなぁ、金なんだよぉ、金が全てなんだよぉ～（声がだんだん吸い込まれてゆく）」

小麦が運転している車の中。

以上、小吉の夢だったらしい。

小麦「（停車）お父さん、起きて」

小吉「（寝言）そうだよ。金なんだよぉ。この世に、金で買えないものは、ないんだよぉー」

歩「寝ぼけてるの？　お父さん。着いたよ。ホームセンター」

小吉「（寝ぼけてる）よし、ホームセンターで二百万円使い切ってやるぞぉ」

小麦「何言ってるのよ。ここで、ゴムホース買うって言ってたじゃない」

小吉「え？　あ——夢だったのか。オレ、よく寝てた？　——着いたの？　ふーん。じゃあ、車の中で待ってて、オレ、ゴムホース、買ってくるわ（出る）」
小麦「お父さん、財布、持ってるの？」
小吉（オフ）「持ってる。すぐ戻るから」
歩「お父さん、なんか呆然としてない？　私達の話、聞いてたのかな」
小麦「うそ、完全に眠ってたわよ」
歩「この世には、金で買えないものはないんだって——そんなタイムリーな寝言、言う？　フツー」
小麦「聞いてたのかしらね？」
歩「お母さん、キツイ事言ってたもんね」
小麦「うそ？　そんなにキツイ事、言った？」
歩「小林さンちのお葬式の話の時よ」
小麦「旦那さんが、奥さんに黙って一億円の保険に入って死んじゃった話？」
歩「嘆き悲しんでた奥さんが、一億円もらえるって知って、突然、ニコニコしはじめて、お葬式の時も、今までにないくらい明るかったって話をした時、お母さん言ったじゃない」
小麦「何を」
歩「わかるわぁ、私だったら五千万円でもウキウキしちゃうかもって——お父さん死んでウキウキはないと思うよ」
小麦「たとえじゃない——あんたなんて、もっとヒドイわよ」
歩「何？」
小麦「保険金一億円もらったら、どうするって聞いたら、あんたVサインしたじゃない。Vサインって、勝利の意味なのよ。お父さん死んで、ビクトリーって」
歩「違うよ。深読みだよぉ——」
小吉「(入って来る) 何、もめてるの？」
小麦「お、お父さん、はやかったじゃない」
小吉「うん、今日はいいやって思って」
歩「お父さん、コレ、何買ってきたの？」
小吉「うん、オキュートの玩具——あ、歩とお母さんにも何か買って帰ろうか」
小麦「な、なんで？」
小吉「自分の事ばっかり考えてさ、金、金って言うの、醜いよなぁ。まして、家族をお金にかえようなんてさ——」
小麦「(白々しく) そりゃあ、ねぇ」
歩「(も白々しく) 絶対によくないよ」
小吉「やっぱりお金で買えないものってさ」

三人「(白々しく) あるよねぇ――」
歩「そう思いたい――」
三人「(切実に) よねぇ――」

「春うらら」

◉第一話『ローラー』

平田小吉（父親）　四十五歳……会社員
平田小麦（母親）　四十五歳……主婦
平田　歩（娘）　十六歳……高二
コンドー君（歩の友人）　十六歳……高二

西　村「西村雅彦です。真夜中に、寝床からはね起きて、『わぁ〜』と、叫びたい瞬間が、誰にもあろうかと存じます。何ゆえに？　そう、例えば、恐怖ゆえに。ミイラ男に追いかけられる夢。怖ぉございます。ものすごい数の、フナムシのイメージ。ぞぞぞーとします。でも、私が何と言っても恐ろしいのは高い所。実際にあるんだそうですが、透明の観覧車。乗ってる事を想像しただけで、『わお〜』体のどこかが縮んで、コワイワネー。それでは、ＣＭの後ドラマが始まります」

車に乗っている平田家の人々。

小吉「しかし何だよな。この年になって、子どもが増えるとはさ。思ってもみなかったよなぁ」

小麦「ほんとよねぇ」

歩「え？　何？　どーゆーこと？　子どもが増えるって――お母さん？　まさか、妊娠しちゃったの？」

小麦「何、言ってるの。コンドー君の事よ」

歩「あ、コンドー君」

小吉「今日から、うちに下宿するわけだからさ、オレらにしたら、子どもが一人増えるようなもんじゃない」

小麦「やっぱり、ジューダイの男の子って、食べるのかしら？　お米とか、三合じゃ足らない？」

小吉「そりゃ、食うさ。今日から、肉とか、揚げ物とか、そーゆーのを重点的にしないと」

歩「コンドー君、なんで家《うち》なんかに下宿する気になったんだろ。バカだよねぇ」

小麦「日本の大学に入りたいみたいよ、やっぱり」

小吉「だったら、受験勉強は日本にいた方が有利じゃないかって、オレが勧めたの。勧めた以上、面倒みないと、責任ってものがあるだろう？」

小麦「ニュージーランドのご両親、よく許したわよねぇ。子どもだけ日本に帰らせるなんて。まだ十六なのに」
小吉「ご両親もね、やっぱり日本の大学に行かせたいみたいでさ。それに、オレ達の事どういうわけか、信頼してでさ」
歩「ものすごい誤解だよ、それ」
小麦「歩、もしかして、反対だったの？　コンドー君が家《うち》に下宿するの？」
歩「今頃、聞く？」
小吉「え？　イヤだったのか？」
歩「ヤに決まってるじゃない。私、年頃の女の子だよ。昔、クラスメイトだったのに、同じ屋根の下だよ。お風呂とかトイレとか同じなんだよ。フツーさ、それはちょっと、でしょう？」
小吉「そんな事、今頃言うなよ。もう日本に着いちゃってるよ。コンドー君」
小麦「そーよ。学校だって、歩と同じ高校に編入する手続きしちゃったし」
歩「だって、私に聞かないで、どんどん決めちゃったんじゃない。二人して」
小麦「あんた達、仲いいから、当然、喜んでると思ってたんじゃない」
小吉「歩。お前な、意識し過ぎ。コンドー君の方は何とも思ってないんだから」
歩「別に意識なんかしてないよ」
小吉「コンドー君には、恋人だっているんだしさ」

小麦「ええッ！　そうなの？　ショック！」
小吉「なんで、お前がショックなんだよ」
歩「なんで、そんなことまで知ってるの？」
小吉「オレ達メル友だもん。ローラー（ことさらに、巻き舌で）と別れるのが、一番の心残りですって書いてあったからさ、きっと、出来たんだな、ニュージーランドに。金髪の彼女がさ」
小麦「やっぱ、外国の人ってアレかしら？　バストなんかキョンニュ〜って感じなのかしら？　ほらあそこにいる女の子みたいに――あら？　あれコンドー君じゃない？」
小吉「え、どれ？　もう着いたってこと？」
小麦「ほら、あの見るからにキョンニュ〜って子と一緒にいるの」
歩「あっ、そうかもしんない」
小麦「ちょっと、かっこ良くなってない？　コンドー君。背も伸びちゃってさ」
歩「そういえば、あか抜けたよねぇ」
小吉「どれよ。あ、金髪の女の子と腕組んでる、あれか？」
小麦「ねぇ、ひょっとして、ローラー、連れてきたんじゃないの？」
小吉「え？　うそ？　あれローラーなの？　ちょっちょっと。取りあえず、車、停める所探そう。皆、落ちつこうって（停車）たかが、ガールフレンドの一人や二人」
歩「うわッ、キスしてら」
小吉「(狼狽) うわぁ〜なんてことをっ！」
小麦「ねぇ、あのローラーさんも、家に下宿するのかしら?」
小吉「え?　そーなるの?　なんで?」
小麦「だって——コンドー君、連れてきちゃったんだし」
小吉「無理だよ。大体、どーすんだよ。家、狭いのに。この車だって四人乗りだぜ」
小麦「そっか。まず、それよね」
歩「私、電車で帰るわ (降りる)」
小吉「ちょっ、ちょっと待てって！　歩！」
小麦「待ちなさいって！　——歩、ショックだったのよ。幼なじみが、ナイスバディの恋人を連れて帰って来たから」
小吉「オレだって、ショックだよ。あのコンドー君が金髪と——ク〜〜〜ッ」
窓を叩く音。
コンドー君「(叩いてる) すみません。わざわざ、迎えにきて貰って」
小吉「コンドー君?　あれ、コンドー君なの?　じゃあ、誰なんだよ。向こうにいる、あのナンパ野郎は?」

小　麦「ヤダ、見間違えたのよ、私達」
小　吉「コンドー君、一人？」
コンドー君「はぁ、一人ですけど？」
小　麦「何だ、全然、変わってないじゃない」
小　吉「おい、平田さん、どうかしたんですか？　向こうに走って行きましたけど」
コンドー君「おい、歩のヤツ、誤解したままだよ」
小　麦「そうだわ。私、呼んでくる（出る）」
コンドー君「あのー、荷物、後ろ、いいですか？」
小　吉「おう、今、開けるわ」
コンドー君「（乗ってくる）皆、どうしちゃったんです？　何か、あったんですか？」
小　吉「ちょっとね——ローラーの事でさ」
コンドー君「あ、見ます？　ケイタイの待ち受け画面、ローラーなんですよ。目茶苦茶かわいいッすよぉ」
小　吉「ク〜〜ッ！　やっぱり、付き合ってんじゃねーか。この野郎！　お前、十六で、キョンニュ〜はないぞ。おじさんなんかなぁ——ク〜〜ッ！　もう四十五だよぉ」
コンドー君「見て下さい。ローラー♥」
小　吉「オレ、歩、探してくる（出る）」

コンドー君「可愛い顔した犬でしょう？　一歳になるチワワなんですけど——おじさん？　平田さん？　——そんなに走ってどこへ行くんですか？　——っていうか、キョンニュ〜って——何ですか？」

●第二話『タカ』

平田小吉（父親）　四十五歳……会社員
平田小麦（母親）　四十五歳……主婦
平田　歩（娘）　十六歳……高二

西　村「西村雅彦です。真夜中に、寝床からはね起きて、『わぁ～』と、叫びたい瞬間が、誰にもあろうかと存じます。何ゆえに？　そう、例えば青春の生き恥の記憶ゆえです。ダサイファッションで粋がってたよなぁ。わぁ～。蔵王をクラオウと間違えて発音してたなぁ。生き恥じゃ～。名曲喫茶で、『ベートーベンの〈月光〉をかけて下さい』『今かかってるのは〈月光〉です』カッコ悪う～。恥ずかしき事の数々。枕を叩きつけても、消し去る事はできないのであります。――それでは、CMの後ドラマが始まります」

停車してる車。

小吉「どうよ？　決心ついた？」

小麦「う～ん、よし！　行ってくるッ！　――（くじける）あ～、やっぱり無理かも」

小吉「何だよ、さっきから、そればっかりじゃないか」

歩「お母さん、大げさ。昔のバッグ、リサイクル店に売るだけじゃん」

小麦「だって、大事にしてきたのに」

歩「でも、置いておくスペースないし」

小吉「そうだよ。コンドー君を下宿させるって決めた時、今度こそ、処分するって、自分で言い出したんだぜ」

歩「もう、コンドー君来ちゃったから、本当に置く所ないんだよ」

小麦「二人して言わなくてもわかってるって」

小吉「大体さ、量が、半端じゃないんだよ。今だって、この車ン中、オレらの方が押しつぶされそうじゃん」

小麦「だから、売るわよ。でも、もうちょっと待って！　あと、五分！　それで決心がつくと思う」

小吉「じゃあさ、オレ、そこの本屋にいるからさ、ゆっくり考えてよ（出てゆく）」

小麦「わかった、気持ち固まったら呼ぶ」

歩「――そんなに大事な物なの？」
小麦「大事って言うか、戦利品って言うか」
歩「センリヒン？」
小麦「お父さんにはさ、自分でコツコツ買ったって言ってるけど、これ、みんな、若い時に男の人に貢いで貰った物なのよ」
歩「うそ？　ここにあるの全部？　お母さん、すっごいヤリ手じゃん」
小麦「ライバルがいてさ、英文科のタカって女なんだけど、そいつと、どれだけ貢がせるか張り合っちゃって――思えばあん時、私の知力、体力、全部使い果たしちゃったのよね」
歩「初めて聞いたよ、そんな話」
小麦「あの頃は努力したわよ。タカなんかさデカ足だから、足、小さく見せるために、いつも小さめの靴持ち歩いちゃってさ」
歩「そんなもん持ち歩いてどーすんの？」
小麦「靴脱いだ時、すり替えるのよ。小さい靴がチンマリ隅に置いてあると、可愛い♥って男は思うでしょ？」
歩「そんなバカな男、いる？」
小麦「当時は、いたのよ、うじゃうじゃ。ホカホカ弁当買ってきて、可愛いお弁当箱に詰め替えるの。で、手作りよって渡したら、男ドモは、感激しちゃってさ」

小歩　「そんなの、バレバレじゃん。食べるとわかるよ。フツー」

麦　「洗濯だって、クリーニング屋に出したヤツ、タグ取って、これ、洗っておいてあげたヨって、もう、これで男はイチコロさ」

小歩　「なんで自分で洗わないのよ」

麦　「だって、ヤじゃない。人のモノ」

小歩　「お母さん達、サイテー」

麦　「タカ、今、どうしてるのかしら――結婚決まってさ、しばらくしたら、式の日取りと式場は同じで、相手だけ変わる事になりましたって手紙来てさ――」

小歩　「なんか、スゴイ。タカやるぅ」

麦　「あれっきり会ってないんだよねぇ」

小歩　「お母さんとそのタカっていう人さ、相当、嫌われてただろうね」

麦　「陰口言われたわよ。本当の幸せは心だとかさ、物欲で結局不幸になるぞ、とかさ。でも、こっちは、そんなのわかってやってるわけよ。へんに道徳的なヤツ見ると、タカも私も、ますます燃えちゃってさ」

小歩　「で、ますます嫌われたんだ」

麦　「私の戦友よ。毎日、戦ってたから、いろんな意味で。あの頃が、一番、生き生きしてたんじゃないかな、私達」

歩　「わかんない。なんで、嫌われるのわかってて、そんなことするのか」
小麦「だから、反骨精神よ。ちゃんとした女の人にだけはなりたくなかったの。とにかく、当たり前は、イヤだったの」
歩　「当たり前って？」
小麦「だから、ちゃんと結婚して、子ども生んで、あげく、お姑さんの面倒みるようなそんな当たり前の女の道にだけは絶対はまるもんかってね、ジタバタしてたの」
歩　「え、でも、今、その道、まっしぐらじゃん？」
小麦「うーん。そうなのよねぇ。結局、そういうことになっちゃったのよね」
歩　「負けちゃったってこと？」
小麦「大人になったというか。いつまでも、空っぽの鞄ばっかり集めてもさ」
歩　「虚しいかも、それはわかる」
小麦「お父さんと初めてデートした時ね、前を走ってる車が鞄みたいに見えたの。把手つけたら鞄だ、みたいな、かわいい車で、その中に子ども三人とその両親と犬まで乗っててさ、それが、もうギュウギュウに詰まってるって感じで。そん時、思ったわけよ。あ、この鞄、中身が詰まってるって。からっぽじゃないんだ。いいなぁって」
歩　「それで、お父さんと結婚か」

小麦「今の生活も好きよ。でも、昔の自分も捨てがたいのよ。だって、本気だったからね、あん時は」
小吉「(帰ってくる) おい、お前、これ見ろよ――」
小麦「あ、お父さん――私、やっぱり、バッグ、売るのよすわ」
小吉「えー、なんだここまで来て――それより、これ、成瀬貴子って、お前の友達なんじゃないの？　本出してんだよ。この顔、見覚えあってさ」
小麦「あ、タカだ。これタカよ」
歩「え、さっき話してた、タカさん？」
小吉「だろ？　『捨てるな！』だって、時代に逆行したタイトルだよな。今は、いかにして捨てるかって本ばっかりなのにさ」
歩「(読む)『私は、何もかも抱えて生きてゆく』だって――へー、これがタカさんかぁ。若いよねぇ」
小吉「って言うかケバいよ。見るからに売れそうもない本だよなぁ――何？　お前、泣いてるの？」
小麦「だって――タカのやつ、あいかわらずバカなんだもん」

◉第三話『オクダクン』

平田小吉（父親）　四十五歳……会社員
コンドー君（歩の友人）　十六歳……高二

西　村「西村雅彦です。真夜中に、寝床からはね起きて、『わぁ〜』と、叫びたい瞬間が、誰にもあろうかと存じます。何ゆえに？　そう、例えば変な事を思いつくから。リラックスしようと海のイメージを思い浮かべます。どこからか、椰子の実が流れ着いてきます。一つ二つ。のんびりと眠りに誘われる雰囲気。そして椰子の実がまた流れ着く。六つ七つ――。八つ――ココナッツ！　椰子の実だから九つ！　わぁ〜、はね起きてバンザーイ。なぜかうれしく眠れないのであります。――それでは、ＣＭの後ドラマが始まります」

走る車の中。

小　吉「無理かと思ったけど、よく入ったよなぁ、この小さな車に」

コンドー君「すみません。わざわざボクのために、机まで運んでもらって」

小　吉「いいんだよ。使ってもらった方がありがたいんだから。実家もさ、机もってゆくって言ったら、お袋、喜んでたしさ。一石二鳥よ。大体、オレも、コンドー君が下宿するっていうのに、机の事、すっかり忘れててさ。ごめんね。中古で」

コンドー君「すごくいい机ですよ、これ。おじさんが使ってた机なんですか？」

小　吉「そーよ。高校受験も大学受験もこれでやったんだ。勉強と初恋、そして紙相撲同好会の日々。オレの汗と涙がしみついた勉強机よ」

コンドー君「わかります。彫刻刀で『ちづる』って彫ってあったの、いかにもですよねぇ」

小　吉「え？　誰？　『ちづる』って？　オレ、そんなの彫ってた？」

コンドー君「彫って、その中に消しゴムのカスを詰め込んでました」

小　吉「消しゴムのカス！　やったよなぁ、意味もなく」

コンドー君「机の中にも、いろいろ、私物みたいなの入ってたから、この紙袋に保管しておきました」

小　吉「あ？　何？　何かヘンなもの入ってたんじゃないだろうな？　まさか、エロ本とか」
コンドー君「これエロ本っていうのかなぁ」
小　吉「うわッ、やめなさい。それは。未成年なんだから」
コンドー君「違うんじゃないですか？　セピア色の芸者さんが写ってるだけですよ」
小　吉「だから、むかしのエロ写真なの、これは」
コンドー君「へー、何かの学術資料かと思いました。おじさんは、これで？」
小　吉「あ、バカ。オレのじゃないよ！　オレのオヤジのだよ。あのね、オレだって、もっとスゴイの持ってたんだよ。最先端のヤツ。でも、コンドー君が下宿するっていうから、あわてて、全部、処分しちゃったんじゃない。何だよぉ、こんな事なら、処分するんじゃなかったよ。見せてやれば良かったよな、アレ」
コンドー君「おじさん、保護者として、ものすごく不適切なこと、言ってますよ」
小　吉「え？　あ、そうか──んー、その、アレだ、昇華っていうの？　運動とか、芸術とか、そういう分野にだな、このモヤモヤをだな、何するんだよ」
コンドー君「あぁ、それで、おじさんも、歌とか、作ってたんですね」
小　吉「歌？　オレ、歌なんか作ってたかな」
コンドー君「詩集ですよ、これ。ギターとか弾くんだ。歌詞にコードまで書き込んでますよ、ほら」

小　吉「あの頃は、フォークソングが、はやってたんだよな」
コンドー君「タイトル『蜃気楼の街』――」
小　吉「そんなもん。読むなよ。絶対、声に出して読むんじゃないぞ」
コンドー君「(読む) 白いバラは、バラ科の花、BUT　白い奥田君は、二年C組。いつか、旅立つ、ラララララ――」
小　吉「うわっ、なんだ、それ」
コンドー君「なんで、歌詞の横に、ヒョウタン描いてるんでしょーか？」
小　吉「ヒョウタンじゃないよ。ギターだよ」
コンドー君「あ、そうか。そうですよね――タイトルも、あんまり関係ないっスね。蜃気楼、出てこないですよ」
小　吉「奥田のあだ名が、蜃気楼だったの。いるかいないかわからないヤツだったから。皆で盛り上がってるのに、コイツがうけると、すげぇーしらけてさぁ。いただろう？　そんなヤツ」
コンドー君「クラスで盛り上がるって事がないですからね。みんな、自分の勉強で精一杯って感じだし」
小　吉「えー、そーなの？　時代が変わったんだねぇ。なんか、オレらバカみたい」
コンドー君「そんなことないですよ。渋いですよ。ほら、ここんとこなんか、わざわざ筆記体で英語、書いたりして」

小　吉「だって、英語は、筆記体だろう?」

コンドー君「ボク達が学校で習うのは、活字体ですよ。筆記体は、参考でちょっと出てくるだけかな」

小　吉「うそッ! 今、筆記体、書かないの? 全然? うわっ、ショック」

コンドー君「だって、今は活字体ですよ」

小　吉「知らないよ。オレらの中学時代、何だったんだよ。ものすごく無駄だったような気がしてきた」

コンドー君「(携帯の呼び出し音)はい——はい——え? そんなぁ。もう来ちゃったんですか? ちょっと待って下さい。(小吉に)おじさん、机、新しいのが来ちゃったみたいなんですけど」

小　吉「え、どういうこと?」

コンドー君「うちの母が、新しいの買って、こっちに送ってきたみたいなんです」

小　吉「え? そーなの?」

コンドー君「すみません。うちの母、ちゃんと言えばいいのに、いきなり送ってくるから。(電話)もしもし、戻すんですか? でも、おじさんが、せっかく——」

小　吉「いいよ、いいよ。この机は、実家に戻そう。だって、二台も、うちに置けないもんな」

コンドー君「すいません」

小　吉「気にすんなって、早くわかって良かったじゃない」
コンドー君「(電話)もしもし、はい。じゃあ、こっちのは戻します。はい、すみませんでした(切る)」
小　吉「新しい方が気持ちいいし、良かったじゃないか」
コンドー君「本当に、いらない事するんだから、母さんは。すみません。なんか、おじさんの一日つぶしてしまって」
小　吉「そんな事ないよ。いろいろ、思い出して、楽しかったよ。何だって無駄って事はないんだからさ」
コンドー君「そーでしょーか」
小　吉「そーだよ。オレの中学時代もさ、無駄に満ちてるけど、でもやっぱり必要だったのさ。こういう心境、コンドー君に、わかるかな？　わかんねーだろうなぁ」

◉第四話『ロクサン』

平田小吉（父親）　四十五歳……会社員
平田　歩（娘）　十六歳……高二
コンドー君（歩の友人）　十六歳……高二

西　村「西村雅彦です。今週は、真夜中に、寝床からはね起きて、『わぁ〜』と叫びたい瞬間について語ってきましたが、この人生そのものが、ひょっとするとすべて夢なのかもしれず、『わぁ〜！』と叫んで、目覚めれば、まったく別の人生、別の世界、別の時間が待っているかもしれないのです。今晩あたりその目覚めがあるかもしれませんね。目覚めたら猫になってたりして。コワイワネー。――それではＣＭの後ドラマが始まります」

早朝。走る車の中。

小　吉「コンドー君まで付き合わせて、悪かったね」
コンドー君「いいんです。ボクも、船、見たかったし」
歩「ものずきだよ。こんな早朝から、用もないのにさ――ふぁ、眠い」
小　吉「そういうお前だって、用もないのに、ついて来てるじゃないか」
歩「だって、お父さん、一人だと心配だもん。絶対、帰り、道に迷うよ」
小　吉「ほら、そうやって暗示かけるから、オレは迷うんだよ。コンドー君お腹すいてない？　歩、おにぎり、持ってきたんだろ？」
歩「コンドー君、食べる？」
コンドー君「うん、今は、いい」
歩「起きたばっかりだもんね――あっ、海が見えてきた！」
コンドー君「お、海だ。今日、船に乗る人はおじさんの友達ですか？」
小　吉「ロクさん？　オレの先輩。大学の。会社辞めて、と言うか、辞めさせられてクニに帰るの。考えたら、一番長い付き合いなんだよな、ロクさんとは」
歩「船でお別れするなんて、今どき映画でも、ないよね」
コンドー君「いいよね、船で旅立つなんて」
小　吉「ロクさんの育った島は、小さくてさ、校庭の鉄棒にイカが干してあったりするの」
歩「トイレに入ってると、海亀がジッと見てたりするんだって」

コンドー君「うちのチチだったら、身をよじって喜ぶと思います。亀マニアだから」
小　吉「今頃は、島中の花が一斉に咲いてて、きれいだろうな——この辺で停めておくか（停車）オレ、ちょっとロクさん、探してくるわ。中で待ってて（出る）」
コンドー君「——早朝の海って初めてだ」
歩「私も——」
コンドー君・歩「（同時に）あのさ」
歩「何？」
コンドー君「平田さんこそ、何？」
歩「中二の時さ、ものすごく朝早く学校行った事、思い出した」
コンドー君「ボクもその事、言いたかった。あったよね、二人で早朝」
歩「あった。で、モザイク作ったでしょ？　海の生き物っていう題の」
コンドー君「グループ制作だったんだよ、アレ。出来上がる寸前に、誰かが壊しちゃって、中山のヤツが切れてさ」
歩「そうだよ。谷さんがつぶしたって、ものすごく責めたの。でも、谷さんはやってないって泣くし、中山は、絶対許さないって切れまくるし——中山ってガキだよねぇ。で、コンドー君が、ボクがやりました、みたいな事、言いだして」

コンドー君「すごかったな。皆から一斉に責任とれって責められて、で、開き直ったんだよね。わかった、一晩で元に戻してやるって」
歩「コンドー君、ほんと、あんた、バカ。なんで、あんな事、言ったの？　あんたが壊したんじゃないのにさ」
コンドー君「だって、イヤじゃない。あんな険悪な雰囲気がずっと続くの」
歩「だからって、自分がやりましたって、言うかな。ほんと、バカ」
コンドー君「そんなこと言って、平田さんだけだよ、手伝ってくれたの」
歩「当たり前でしょう。コンドー君、壊してないんだから」
コンドー君「結局、その日は出来上がらなくて、早朝にやろうって――」
歩「朝。しーんとした教室で、ただひたすら、青いの貼りつづけてたよーな気がする」
コンドー君「二人とも、全然、しゃべらなかったから」
歩「そう。ペタペタはりつけてる音と、時々、鼻、ズーッて吸い込む音だけでさ」
コンドー君「あの時の時間、独特だったと思わない？」
歩「長かったよね。でも、一瞬だったような気もする」
コンドー君「気持ちはむかついてたはずなんだけど、何となく、楽しい感じもあったし。何だろう、あれ？」

歩「ちょっと、幸せだったよね」
コンドー君「うん、ちょっと、幸せだった」
歩「そーか、あれが、幸せだったんだ。あん時は、全然、そう思わなかったけど」
コンドー君「じゃあ、今、こーして、海見ながら、平田さんと話してるのも、何年かたったら、幸せだった記憶として、よみがえるのかな」
歩「そうかも。あの朝、ビニール袋が潮風で飛んでたなぁ——とか」
コンドー君「おじさんの、紺色のチェックのシャツ、ちょっと若いなぁとか?」
歩「船の上の人は、朝から、あんなにテキパキ働いていて、偉いなぁ、とか?」
コンドー君「でも、ぼくらは、のんびりと海を見てた、とか」
歩「私達、もう、絶対戻らない時間の中にいるんだね——」
小吉、戻ってくる。
小吉（オフ）「おーい、ロクさん、いたよ。お前達も、来いよ」
歩「（叫ぶ）鍵かけなくていいの?」
小吉（オフ）「いいよ。あ、紙テープと花束忘れずに持って来て」
歩「はーい。コンドー君、花束持ってくれる?」
コンドー君「うん（持つ）」
二人、外に出ると海の音。

コンドー君「うわッ、花の匂い、きつい」
歩　「フリージアの匂いだよ」
コンドー君「(歩きながら) 平田さん」
歩　「何?」
コンドー君「今日のこと、二十年たっても、思い出すような気がする」
歩　「私も」

「お家《うち》に帰ろう」

◉第一話『一年目』

平田小吉（父親）二十五歳……会社員
平田小麦（母親）二十五歳……主婦

西　村「西村雅彦です。今週はおなじみ平田小吉・小麦夫妻の若き日のお話です。番組の制作費で、タイム・レシーバーを購入いたしまして、時空連続体をさかのぼり小吉氏と小麦さんの会話を記録したのであります。愛はどのように変遷していくのか？　興味しんしんであります。――それではCMの後ドラマが始まります」

小　吉「荷物、もういい？　トランク閉めるよ」

小　麦「（乗ってる）チョコレートとかは、座席に置いといた方がいいわよね」

小吉「そうだね」

バンッとトランクを閉める。

小吉「(機敏に走ってきて、乗り込む) 疲れたでしょう？ (車を出す)」

小麦「うん、なんか、ものすごく長かったよねぇ。結婚式って、ものすごく昔だったような気がしない？」

小吉「するする。ひと月ぐらい昔だったような気がする」

小麦「式終わって、グアムで五日——まだ一週間たってないんだ」

小吉「三日で良かったかもね、グアムって見るとこないもんね」

小麦「リゾートだもん。見るとこじゃないもん」

小吉「そっか。そーだよな。小麦チャンの言う通りだ。アハハ」

小麦「小吉さんは、じッとしてるの、得意じゃないみたいね」

小吉「貧乏性だから、オレ。旅行したら、何か見るとか、食べるとかして、よっしゃ元取ったぜっ！て感じがしないと、ヤなんだよね」

小麦「あ、もしかして、グアム、ヤだったの？」

小吉「いやいや、そんな事ないよ」

小麦「だって、ナマコが気持ち悪いって、海にも、あんまり、入らなかったし」

小吉「何言ってるの、ものすごく良かったじゃない。きれいだったし、あの島、何だっけ？　名前忘れたけど。値打ちあるよ」

小麦「でも、ボラれたよね、モーターボートの怪しいオジサンに。絶対、足元見たと思う、二十五ドルは、絶対高い」
小吉「え？　あれは、相場だと思うよ。そんなもんじゃない？」
小麦「だって、オプションだったら、食事もバスも、みーんなついて、三十ドルよ」
小吉「でも、嫌じゃん。いかにも新婚旅行ですっていう団体がさ、こう、ぞろぞろ移動してるの、かっこ悪くない？」
小麦「そりゃ、そうだけど」
小吉「朝なんか、新婚十五組、ズラッと並んで、ご飯食べるんだよ。もう、あきらかに、何てゆうの？　人の視線がさ、大変でしたね夕べは、って感じじゃない？　絶対想像してると思うんだよね。ホテルの人とか、もうッいろいろあることないこと。（想像して）おーッヤだッ！」
小麦「だから、私達、新婚じゃないって、ウソついたんじゃない」
小吉「何？　怒ってるの？　旅行の間中、オレ達結婚して五年目ですって嘘ついたの、イヤだったの？」
小麦「小吉さんの気持ちはわかるけどさ、でも私達、本当は、新婚さんだもん」
小吉「それは、旅行に行く前に、よく話し合ったじゃない」
小麦「そうよ。私も、賛成したわよ。だけど本当は、もっと、いかにも新婚ですっていう服、着たかったの」
小吉「なんだ、言えばいいのに」
小麦「小吉さんが、五年目っていう設定にしたいっていうから、私なりに考えた結果入園式みたいなスーツにしちゃったんじゃない」
小吉「あ、そっか。ごめん、ごめん」
小麦「皆、小っちゃなブーケもってたじゃない？　ああいうの、私も持ちたかった」
小吉「あっ、そうか、友達の見送りも断っちゃったもんね、オレ達」
小麦「出発ロビーで皆に祝福されてるの、すごく羨ましかった」
小吉「だって、キャンディのレイとか、かけてもらうの、かっこ悪いと思ったから」
小麦「――だって、新婚なのよ」
小吉「ごめん、ごめん。悪かったね。そういうの、やりたかったんだ」
小麦「皆、二人の荷物を大きなスーツケース一つにまとめて、それを旦那さんが持ってたじゃない？　なのに、うちだけ、それぞれが、荷物持ってさ」
小吉「だって、五年目っていう設定だとさ、やっぱり、荷物は、一緒じゃないような気がするんだよね」
小麦「それが、小吉さんの結婚観なんだ」

小吉「え、そういうわけじゃないよ。だから一般論って言うの？」
小麦「他の新婚さんは、マミちゃ～んとかシンチャ～ンとかやってたのに、うちだけオイッて、オイッ早く来いッて。私の事オイッて呼んだ」
小吉「二人きりの時は、小麦チャンって呼んでたじゃない」
小麦「五年後は、二人きりの時でも、オイッて呼ぶんだ、きっと」
小吉「そんな暗い顔するなよぉ。だって、呼び方も変わると思うんだよね、時間がたつとさ、一般的にそうだと思わない？」
小麦「私達、一般の夫婦になっちゃうの？」
小吉「え？ いや、そんな事、急に言われてもなぁ」
小麦「何年かしたら、小吉さんも、フロ、メシ、ネル、しか言わないフツーのお父さんになってしまうわけ？」
小吉「いや、どうだろう」
小麦「会社の同僚に、うちのヤツが、うるさくてさぁとか言っちゃって、帰る時間がどんどん遅くなって、そのへんのヨレヨレのスーツ着た、酔っぱらいになっちゃうわけ？」
小吉「いや、だからさ――」
小麦「私は、何年たっても、小吉さんと小麦チャンでいたいのに」
小吉「え？」

小麦「一般的な夫婦なんてものに、私、絶対になりたくないよ」
小吉「――小麦チャン」
小麦「私の言ってる事は、贅沢な事なのかな」
小吉「いや、そんな事ないよ。二人でしかなれない夫婦になろうよ」
小麦「なれる？」
小吉「今から帰る部屋は、何もかも新しいものばっかりなんだぜ。きっと何にでも、なれるよ、オレ達も、今始まったばっかりの、さらっぴんなんだから」
小麦「なれるかな、小吉さん？」
小吉「なれるさ、小麦チャン！　――あー恥ずかし」
小麦「やっぱり、恥ずかしいんじゃない！」

◉第二話『三年目』

平田小吉（父親）　二十七歳……会社員
平田小麦（母親）　二十七歳……主婦

西村「西村雅彦です。今週は夫婦の愛のお話であります。愛しあう事は、また傷つけあう事でもあります。な一んて、分かったような事を言っておりますが、オジサン、ホントは、〈愛〉なんてよく知らないのであります。西村は、愛を広めるために、芝居をしているなんて言う人がいますが、実はお金のために仕事しているのです。ショックだった？　え？　知ってたの？　あっ、そう。——それでは、CMの後ドラマが始まります」

車のドアをバンと閉める。

小麦「（乗ってくる）あったま、くるわよね母さんには」
小吉「もう、怒るなよ」
小麦「だって、暗くなるまで帰るの待てって、どういう事？」
小吉「（車を出す）だから、つまり、みっともないと思ったんだろ」
小麦「みっともないって、何がよ」
小吉「だから——もう、オレに、言わせるなよ」
小麦「何よ、またケンカしたいわけ？」
小吉「だから、蒸し返すなって、オレが折れて、謝りに来てやったんだからさ」
小麦「来てやった！」
小吉「いや、だからさ——お義母《かあ》さんはさ、娘が夫婦ゲンカして、戻ってきたって、ご近所に知られたくなかったんじゃないの？　大きな荷物だし、目立つと思ったんだよ、きっと」
小麦「もう、帰ってくるなって言わんばかりだったわよね、あの態度！」
小吉「そうか？」
小麦「そーよ。私の部屋だって、改造しちゃってさ、書道教室にしてるのよ、ひどいと思わない？」
小吉「いや、でも、もう結婚して、家、出ちゃったんだからさ、言えないんじゃないの？」

小麦「最近、なんか冷たいのよね」

小吉「お義母さん？」

小麦「犬のチョロが死んだ時なんか、すぐ来てちょうだいって大騒ぎしたくせに」

小吉「そういや、オレ達の新婚時代にも、よく来てたよな」

小麦「そうよ、いつも持ちきれないぐらい食料品くれてたのに、今日なんか、食用油三本持って帰ろうとしたら、真剣に怒るんだから。セコイわよねぇ」

小吉「セコイのは、お前の方だよ。持って帰るなよ、そんなもん。オレの稼ぎが悪いって、思われるじゃないか」

小麦「考えすぎよぉ」

小吉「いや、見てるよ。お前さ、お義母さんに言っただろ、オレが梅干しガムでご飯二杯食うって——あれから、お義母さんのオレを見る目が違う気がする」

小麦「どういうふうに？」

小吉「かるく、バカにしてるっていうの？」

小麦「だから、考えすぎだって」

小吉「オレは、お前が実家に帰ると、スカートのファスナーをゆるめるじゃない。腹一杯食おうとしてさ、アレ見る度に、ものすごい哀しみに襲われるんだよなぁ」

小麦「イヤだったんだ。私が、実家で、いっぱい食べるの」

小吉「まるで、自分が、ふがいないって言われてるみたいでさ」
小麦「そうか――ごめんね」
小吉「イヤだな、オレ、こんな事、言うつもりなかったのに」
小麦「あ、あれかな」
小吉「何が？」
小麦「お母さんが、私に冷たくなった理由」
小吉「何？」
小麦「新しい犬飼ったから、もう、私なんかどうでもよくなったのよ」
小吉「まさかぁ」
小麦「そうよ、そうだわ。だって、全然違うもん、待遇が」
小吉「それこそ、考えすぎだよ」
小麦「そういうとこ、あるのよ、お母さん、昔から。新しもの好きって言うの？」
小吉「なら、ちょうど、いいじゃない。干渉されなくてさ」
小麦「そうか。そうよね」
小吉「何だよ、寂しそうな顔するなよ」
小麦「――私、よその家の人になっちゃったんだね」
小吉「結婚して三年目なんだからさ。もっと大人になれよ」
小麦「だって――小吉さんには、わからないわよ。私、もう帰るとこないんだから」

小吉「あるじゃない。今から帰るところ」

小麦「だって、お前なんか、出てゆけって言うじゃない。昨日みたいに、ケンカした時」

小吉「あれは、本心じゃないの。だから、こうして、迎えにきてるんじゃないか」

小麦「出てゆけって言われたら、私、もう、帰るとこ、ないんだよ」

小吉「わかった。もう、絶対言わない。出てゆけとか、そういう事、ケンカしても、絶対、言わないから」

小麦「本当に？」

小吉「そのかわり、小麦チャンも、三つ、約束、守ってくれる？」

小麦「何？」

小吉「オレが、ねぼけて、寝言いったたっていう話」

小麦「ああ『おっぱいが出ないよぉ、クィ〜ン、クィ〜ン』って泣いた事？」

小吉「だから、それは、寝言だから。あくまでも。オレは、全然、意識ない時の話だから」

小麦「でも、言ったのよ」

小吉「いや、だから、言ったかもしれないけれど、その話だけは、決して、もうしないで欲しいわけ。特にケンカしてる時にそれ持ち出すの、もう絶対、やめて」

小麦「わかった。約束する」

小吉「それから、ケンカした時、モノ投げるじゃない」

小麦「投げるなって言うのね」

小吉「いや、別に投げてもいいけどね、自分のモノは投げないでしょ？　それ汚いと思うんだよね。まんべんなくね、オレの物自分の物、区別なくフェアに投げて欲しい」

小麦「わかった、約束する」

小吉「それから、これが一番重要な事なんだけど、家出する時にだな」

小麦「うん」

小吉「テレビのリモコンを持って出るのだけは、やめて欲しい」

小麦「だって、持って出ないと、探しに来てくれないでしょう？」

小吉「探すに決まってるじゃないの」

小麦「お婆さんになっても？」

小吉「あったり前だよ。どこにいても迎えにゆくさ。で、お婆ちゃんの小麦チャンをのっけて、お爺ちゃんのオレは、この世に一つしかない、わが家に向かって車を走らせるのさ——」

小麦「小吉、かっこいい！」

小吉「だから、リモコンだけは、持って出ないでよね」

「お家に帰ろう」

◉第三話　『五年目』

平田小吉（父親）　二十九歳……会社員
平田小麦（母親）　二十九歳……主婦

西　村「西村雅彦です。今週は、平田小吉さんと奥さんの小麦さんの過去の愛の物語です。愛はミステリーと言いますが、では小吉と小麦のどちらが犯人で、どちらが名探偵なのか？　捕まえて愛の牢獄に閉じ込めるのだろうか？　『被告に愛五十年の刑を処す！』なーんちゃって。おえりゃあせんのお。いちゃつきよって。けど、このセリフ、プロポーズする時に使えるんじゃないの。気持ち悪がられるって？　カモ知んナイ――それでは、ＣＭの後ドラマが始まります」

バンッとドアが閉まる。

小麦「あーん、もうちょっと静かに閉めて、赤チャンが起きちゃう」

小吉「(外にいる)ごめん、ごめん(自分も乗ってくる。赤ちゃんに)バァ〜、パパでちゅよぉ〜」

小麦「あー、ダメ、バイ菌が飛ぶ」

小吉「うそ！　バァ〜って言っただけじゃん」

小麦「そうだ、空気清浄器、買っておいてくれた？」

小吉「(車を出す)うん、買ったよ。こんな小さいんだもん。やっぱり、いい空気じゃないと、かわいちょうでちゅうよねぇ」

小麦「あ、タバコ、厳禁ね」

小吉「当たり前でちゅ(赤ちゃんに)さあ、お家に今から帰りまちゅよぉ〜よかったでちゅね〜」

小麦「私ね、思うんだけど、そういう赤チャン言葉、家は、やめようと思うの」

小吉「え？　なんで？」

小麦「教育上よくないって話、聞かない？」

小吉「え、そーなの。よくないの？」

小麦「子どもの脳って、一歳でほとんど出来ちゃうって話、知らない？」

小吉「知らないよぉ、そんな話。本当？」

小麦「私も自信ない。やっぱり、本とか読んだ方がいいかしら？」
小吉「読もうよ。明日、本屋で、良さそうなのみつくろってくる」
小麦「ベッドは借りてくれたんでしょ」
小吉「おお。紙オムツも言われたの買ったし肌着は貰ったし、哺乳瓶オッケー、お風呂用品オッケー、あと、何だっけ？」
小麦「あれは？　頭が、ひらべったくならない枕」
小吉「あ」
小麦「忘れたの？」
小吉「それは、用意してないかも」
小麦「うそ」
小吉「フツーの枕があったからさ。お義母さんから貰ったヤツ。それ、使わないと悪いじゃない？」
小麦「そんなこと言って、赤チャンの頭がまっ平らになったら、どうするのよぉ」
小吉「え、そうなの？　そんなものなくても、それなりの頭になるんじゃないの？」
小麦「何、呑気な事言ってるのよ。うちは平田って名字なのよ、それで頭が平らだったら、絶対に平頭《ヒラアタマ》ってあだ名になるに決まってるじゃないの」
小吉「（真剣に）何ッ！　そんなこと言う奴がいるのか！　クソッ！　オレが、殴ってやる！　ヒラアタマって！　オレの娘に向かって何て失礼な事を言うんだッ！」

小麦「そこまで怒る事ないじゃない。いるかもしれないって話なんだから」

小吉「やっぱり、買おう、その枕。たとえ、それが一千万円でも、オレは買う」

小麦「そんなに、するわけないじゃない。でも、やっぱりいるわよね。この子が大きくなって、素敵な男性に出会って、さぁ結婚って時によ、最後の最後に、もし頭が平らだったって事で断られたら、私、悔やんでも悔やみ切れないもん」

小吉「フン、そんなバカ男と、結婚なんかしなくていいさ」

小麦「でも、ものすごくお金持ちで、学歴もすごくって、顔もいいのよ」

小吉「そーなんだ、えてして、そういうヤツが、そんなつまんない事言うんだ。オレは、認めないからな、結婚なんて。そんな、オレの娘の頭の悪口を言うヤツと」

小麦「そんなぁ、すごいチャンス、ふいにするつもりなの？　それはないんじゃない」

小吉「何言ってるんだよ。頭が平らで、何が悪いんだよ。そんな心根が腐ったヤツとは口もききたくないね。そいつはさ、オレの娘との結婚を断った後、しょーむない女に引っ掛かって自滅するんだ。で、猛烈に後悔するんだよ。ああ、心優しい頭が平らのあの子と結婚しておけば良かったたって」
小麦「まだ、頭が平らになるって決まったわけじゃないわよ」
小吉「いや、オレは、この子の頭、どんな事があっても平らにするぞ。平田家の名にかけて、まっ平らにして、その男をギャフンと言わせてやる」
小麦「やめてよ、そんなへんな妄想で、この子の頭の形、決めるのは」
小吉「え？　オレ達、何の話、してたんだっけ？」
小麦「枕よ」
小吉「あ、そっか――うん、まぁ、じゃあ、それも明日買ってくるよ」
小麦「――子ども生むって、やっぱり、すごい事かもね」
小吉「何が？」
小麦「だって、私、外の風景が、全然違うように見えるもん」
小吉「え、そういうもんなの？」
小麦「あらためて思う。みんな、生きてるんだなって」
小吉「今頃、特に緑がキレイな頃だもんな」
小麦「あ、見て。お爺さんとお婆さんが、歩いてる」
小吉「あんなに、ゆっくりりで、家まで、たどり着くのかなぁ。ねぇ、乗っけてあげようか？」
小麦「そうね」

小吉「(車を止めて、叫ぶ)あの、よかったら、乗っていかれませんか? は?
——あっ、そうか。そうですよねぇ。すみません。気がつきませんで。いえいえ、じゃあ、お気をつけて。はい(車を出す)おい、あの人達、ジョギングしてたんだって」
小麦「あ、ほんと。そう言えば、そんな恰好してるワ」
小吉「恥かいちゃったよぉ」
小麦「ゆっくり歩くのを、楽しんでたんだ」
小吉「そーだよ」
小麦「あんなに、ちょっとずつでも、あの人達にとったら、それが楽しいんだよね。あんなふうに年取れればいいわね」
小吉「ね、アユミって名前、どう?」
小麦「え、アユミ?」
小吉「歩くって書いて、歩って読ませるの」
小麦「あ、いいかも。歩チャン」
小吉「どこまでも、自分の足でしっかり進んでゆくんだぞって、そういうの、どう?」
小麦「平田歩かぁ——平頭より、いい名前だわ」
小吉「当たり前だろ」

小麦「あなたは、今日から、歩チャンでちゅよぉ～」

小吉「あ、ずるい。赤チャン言葉使ってる。オレも、オレも。みんなで、お家に帰りまちょうねぇ～」

◉第四話『十二年目』

平田小吉（父親）　三十六歳……会社員
平田小麦（母親）　三十六歳……主婦

西村「西村雅彦です。今週はおなじみ平田小吉・小麦夫妻の過去の物語を、報告してまいりました。先日もお話ししたように、この報告にあたりまして、番組で購入しましたタイム・レシーバーを使用しまして、時空連続体をさかのぼり、忠実な実際の過去の再現を、心がけました。今日の報告以降の物語を知りたい方は、タイム・レシーバーのエネルギーにエメラルドを使用しますので、エメラルド2キロを持参下さいますようお願いします。——それでは、CMの後ドラマが始まります」

走る車に乗っている。

小麦「あー、楽しかったなぁ」

小吉「疲れただろ。今日、オレ、カレー作っておいたから」

小麦「うそ。気がきくぅ。歩は？　もう食べた？」

小吉「うん食べた。一緒にターミナルまで迎えにゆくって言ってたのに、寝ちゃってさ」

小麦「お母さんは、まだいるの？」

小吉「いるさぁ。お前の顔見るまで、帰らないって」

小麦「うまくやってたの？　お母さんと」

小吉「いくわけないじゃん。そりゃ、向こうも、いろいろ気づかってくれるのはわかるんだけどさ。パンツまで洗うんだもんなぁ」

小麦「いいじゃない。それぐらい洗ってもらえば」

小吉「イヤだよ。人が食べてるの、横目で見て、やっぱり若いと、タクワン噛む音が全然違うわね、とか言うんだぜ。心なしか、いつもより、声が高くてさ」

小麦「それ、どういう意味？」

小吉「いや、なんか、お義母さんさ、自分の若い頃、思い出しちゃったみたいで。化粧も、いつもより濃いみたいだし」

小麦「いやだ。何、それ」

小吉「いや、そう思うだけよ。なんか、いつもより、若づくりしてるようで——」
小妻「女になっちゃってるんじゃないの。やらしいわねぇ」
小吉「そんな生々しい言い方するなよ。オレお義母さんの目、見られなくなるじゃないか。まぁ、とにかく、戻ってきてくれてホッとしたよ。あ、新聞代、払っておいたからな、赤い財布の方から」

小妻「何か、そんな話、聞くと、突然、現実に戻ってきちゃったって感じ」
小吉「悪かったね、つまんない現実で」
小妻「楽しい事って、ほんと、アッという間だわ」
小吉「そんなに楽しかったの？　クラス会の旅行」
小妻「やっぱり、若い頃の友達って、変わらないのよねぇ。すぐに、昔に戻るっていうの？」

小吉「歩が生まれてから、旅行、全然してないもんな」
小妻「高山君も来てて——」
小吉「え、アイツも来てたの！」
小妻「うん、今、塾の経営してるんだって。よく聞く名前。えーと、何だっけ？」
小吉「何だよ、アイツと一緒なんて、言ってなかったじゃん」
小妻「私も知らないわよ、行ってみたら、いたんだもん」
小吉「アイツさ、お前と同じ高校行きたくて志望校変えた男だぜ」

小麦「知ってる。本人から聞いた」
小吉「自分で言ったの？　信じられないよ。オレだってさ、本当は、お前と同じ高校行きたかったんだぞ。でも、そんな事で志望校、変えるって、そんな、かっこ悪い事出来ないじゃない、フッー」
小麦「だからこそ、私のために、そこまでしてくれるんだって、女の子は、クラッてくるのよ」
小吉「うそッ！　マジで？　見え見えじゃん、高山のやり口って」
小麦「見え見えでも、絵になるもん、高山君なら」
小吉「キザなんだよ。高山は。英語とか、巻き舌で言うんだぜ。オレらは、そんな事絶対、恥ずかしくて出来なかったもん」
小麦「今ね、お父さんが思ってるより、もっと、かっこ良くなってると思うよ」
小吉「お前、まさか——」
小麦「くどかれた」
小吉「え、え、ほんとうにぃ！」
小麦「久しぶりにドキドキした」
小吉「お前〜」
小麦「お父さんだって、浮気した事あるでしょう？」
小吉「してねーよ」

小麦「こないだのアレ何よ。『最近のラブホテルは、最中《モナカ》、出さないんだなぁ』ってひとり言いってたじゃない」

小吉「え？　オレ、そんな事、言った？　いや、だから、それは、人から聞いた話なんじゃないか。かなり年配の人の話だよ、それは——ハハハ」

小麦「じゃあさ、夜遅く酔っぱらって帰ってきて、ドア開けて私の顔見た途端、間違えましたって出ていったの、アレは、どういう事？」

小吉「酔っぱらいのやる事じゃないの。許してやれよ」

小麦「誰と間違えたのよ」

小吉「だから、覚えてないって——お前こそ、何だよ、ドキドキしたって。高山ごときに」

小麦「ドキドキしたって、それだけよ」

小吉「それだけですんじゃったわけ？」

小麦「だって、完璧すぎるんだもん。高山君は」

小吉「何だよ、それ。目茶苦茶、褒めてるんじゃん」

小麦「ずっとドキドキで暮らすのは、今さらめんどくさいじゃない。その点、お父さんとなら、欠点もわかってるし、いろんな事、もう諦めてるし——」

小吉「何だよ、諦めてるって——それ」

小麦「心の底の底の一番底に、もう諦めましたっていう重りがあるから、安心して暮らしてゆけるんだと思うのよね、お父さんと」
小吉「ちょっと待て、やっぱり、けなしてるじゃないか。オレの事」
小麦「高山君としゃべってる時、私もお母さんみたいに、声が高くなってたと思うのよね――でも、ずっと、高い声でしゃべれないじゃない？」
小吉「まぁ、それ、ちょっとわかる気もするよな。オレも美人ホステスさんに囲まれるとさ、やたら落ちつかなくて、無性に家に帰りたくなるんだよなぁ。何だろうなあれ」
小麦「私も、高山君と会っててそう思った。不満があるのがいいのよ。ないと落ちつかないのよねぇ」
小吉「不満が、つまったわが家が見えてきたぜ。おッ、二階、電気ついてる。歩のヤツ起きたのかな」
小麦「なんか、懐かしい。たった二日出ただけなのに――家って哀しくて、いとおしくて、やっぱり私の一番だわ」

「私ウソをついておりました」

◉第一話『男の嘘』

平田小吉（父親）	四十五歳……会社員
平田小麦（母親）	四十五歳……主婦
平田　歩（娘）	十六歳……高二
コンドー君（歩の友人）	十六歳……高二

西　村「西村雅彦です。中学生が卒業旅行に、贅沢にも自分たちで、温泉に行くご時世です。私が中学生の時、卒業といえば、紅白まんじゅうを貰えるのが楽しみでした。温泉といえば、行くどころか、温泉まんじゅうを、お土産に貰えるのが、楽しみでした。じゃあ、ふだんは何をたべてたのかって？　ニセチョコです。殆どが黒砂糖でできた、わずかにチョコレートの味がする駄菓子を喰って喜んでいたのじゃあ！　——それでは、ＣＭの後ドラマが始まります」

走る車。

歩「同じじゃん。ねぇ」

コンドー君「いや、違うんじゃないかな。やっぱり、走りが安定してるっていうか」

小吉「さすが、コンドー君、わかってるね。いいか、車っていうのは、単なる乗物と思っちゃいかんよ。人生のパートナーみたいなもんなんだから。運転するのが楽しくなる——というものを選ばねばならない。例えば、このドイツの車のようなだな——」

小麦「でもさ、乗ってるとわからないわよねぇ、ドイツって言われてもさ。どこらへんがドイツなのか」

歩「言えてる。外車だって言われなかったら、わかんないよね」

小吉「なげかわしいね。違いがわからんのかわが家の女どもは」

コンドー君「オジサン、女どもっていう言い方は、よくないんじゃないですか」

小吉「いや、今日は言わしてもらうぞ。お前らは、全然わかってない。外車を走らせる男の気持ちというものが」

小麦「バーゲンに走らされる女の気持ちと同じようなものなのかしら?」

小吉「違うッ。根本から、てんで違うッ!」

歩「オレも、とうとうここまで来たかってお父さん、そう思ってるンだよ」

小麦「何、それ。ここまでって、どこまでよ?」

歩 「だから。外車に家族をのせて走らせるぐらい出世したよなぁ、オレも――って自分に酔ってるの」

小吉「うん、まぁ、それはあるな。外車に乗ってるオレは、今人生の折り返し地点だみたいな？」

小麦「でも、この車、借り物じゃないの」

小吉「なんで、それを言うかなぁ」

小麦「だって、借りたんでしょう？　後輩のアダチ君に」

小吉「だから、後輩とか、言うなって。先輩のオレがみじめになるだろう」

コンドー君「でも、そのアダチ君は、なんで新車の外車を人に貸したりするんですか」

小麦「あのね、奥さんに黙って買っちゃったらしいのよ。取りあえず、奥さんを説得するまで、家に置いといてくれって。お父さん、そうでしょう？」

小吉「そうだよ――あ〜あ、身もフタもない家族だよなぁ。なんで機嫌よく運転させてくれないのかな」

コンドー君「うちの父も、家族には、本当の事、絶対言わないンですよね。夫婦ってそんなものなんですか？」

小吉「男ってヤツが、そういうものなの。例えば歯がゴソッと抜ける夢を見て、わぁッ、何て不吉な夢を見たンだ、と思っても、その事は、決して人には言わない。自分の心の中だけにとどめて、静かに朝飯を食らう。これが男よ」

歩「相変わらず、たとえが長いンだよね」
コンドー君「ボクは、何でも話せる家族が理想だな。オジサンみたいに」
小吉「いやいや、けっこう、こう見えて、オジサンも、ウソつくんだぞ」
小麦「ふふ、見栄張っちゃって」
小吉「何が見栄だよ。本当だって。例えば、会社帰りに焼肉屋に寄るとするだろ。その事、言いだせなくて、もう一回家でメシ食ったりするんだよ。オレさえ黙って食えば、家庭に波風を立てずにすむと思ってさ。でも、その日に限って、わが家も焼き肉だったりするのよ。でも無理して食ってウン、うまいとか言ったりしてさ——」
小麦「それ、先週の水曜の話？」
小吉「え、うん、水曜だったかな——」
小麦「私、知ってたわよ」
小吉「知ってたって？」
小麦「だって、焼き肉の匂い、プンプンさせて帰って来たもの。ああ、焼き肉、食べて帰って来たんだわって——」
小吉「そのオレに、なんで、さらに、焼き肉、食べさせるンだよ」
小麦「だって、食べるって言うから。好きなんだって、思うじゃない」
小吉「バカ野郎！　無理して食ったンだよ」

小　麦「まぁ、もったいない」
小　吉「もったいないって――気をつかって二回も食ったんだぞ」
歩　「だいたいね、お父さんは、ウソつけないと思うよ」
小　吉「なんでだよ」
歩　「だって、ウソついた時、必ず不自然な高笑いするもん。それでわかっちゃうンだよね」
小　吉「アハハハ、何を言うやら」
歩　「それ。その気取った笑い方だよ」
小　吉「アハハハ（笑い勢いを失って気弱になる）そうなの？　ひょっとして、全部お見通しなの？　今までの全ての事が？」
歩　「だって、わかりやすいもの。ねぇ」
小　麦「そうよ。隠れて何か買おうと思っても無駄よ。大福餅、買い食いしてもすぐにわかるンだからね」
小　吉「アハハハハ、そんな子どもみたいな事するわけないじゃないか。ハハハ」
歩　「ほら、その笑い声、不自然な高笑いになってる」
小　吉「え――今の？　そうだった？」
コンドー君「オジサン、買い食いしたんですか」
小　吉「いや、だからさ――」

小　麦「アダチ君も、今頃、不自然な高笑いしてるのかしら。奥さんの前で」
小　吉「大福でこんなにドキドキさせられるンだぜ。外車だったら、どーなるンだろ」
コンドー君「良かったですね、オジサン、アダチ君の立場じゃなくて」
小　吉「だよな。アイツ、今頃、言いだせなくて、心臓バクバクさせてるよ。うわぁ、考えただけでも、イヤな汗が出てくるよぉ」
小　麦「良かった。お父さんが小心者で」
歩「うん。絶対、隠れて外車買うような事はしないと思う」
小　麦「そこがお父さんのいい所よね」
コンドー君「でも、内心は大胆だったりするんじゃないですか。せっかく、外車なんだから助手席は金髪の美女に乗って欲しいよなぁ——とか」
小　吉「な、何言ってんの。そんな事思うわけないじゃない。アハハハハ——あっ、高笑いだった？　今の？　自然だったでしょう？　ねぇ、ねぇ、大丈夫だったよね、ね」

◉第二話『大人の嘘』

平田小吉（父親）　四十五歳……会社員
平田小麦（母親）　四十五歳……主婦
平田　歩（娘）　十六歳……高二

西　村「西村雅彦です。私は世間では、シャイで通っています。大変な恥ずかしがり屋さんという事が売り物。あ──え、売り物ぉ？　イヤ、だと、いう事になっております。でも、そんな恥ずかしい男がこんな商売するのは矛盾です。ホントはもの凄く鉄面皮の図々しい男なのさ。どうだ？　びっくりしたか？　けっ！と、開き直ってわざと、悪ぶって恥ずかしい自分をかくしてるこの屈折。わかるかなぁ？　今ラジオを聞いてるそこの中学生。おじさんは複雑なのさ。ははは。何がいいたいの？　──それでは、ＣＭの後ドラマが始まります」

走ってる車。
歩　「お母さん、大丈夫？　まだ痛い？」
小麦　「(苦しい)う〜ん、うん」
小吉　「もうすぐ病院だからな」
歩　「何が悪かったンだろう？」
小吉　「食あたりかもな」
小麦　「う〜ん。だいぶ、楽になってきた。もう、病院行かなくていいわ」
小吉　「何言ってるンだよ。治ったと思っても原因がわかんないんだから、診てもらった方がいいって」
歩　「そうだよ。ほら、もう病院に着くし」
小麦　「いや、でも、きっと食べすぎとか、そんなんだと思うし――」
小吉　「何言ってるの。さっきの痛がりようは尋常じゃなかったって」
歩　「取りあえず診てもらったらいいじゃない。何ともなかったら、それに越した事はないんだしさ」
小麦　「そうなんだけどぉ――う〜ん」
小吉　「お、ついたゾ(車を止める)ほら、歩お母さん、降ろして」
歩　「お母さん、歩ける？」

小麦「う〜ん」

歩「お父さん。歩けそうもないよ」

小吉「えーッ！　大変じゃないか。ちょっと待ってろ。人、呼んで来るから（降りる）担架か何か出してもらうから――」

小麦「（びっくりするぐらい大声で）ちょっと――待ったッ！」

歩「何？　びっくりしたぁ」

小吉「（戻ってくる）何なの？」

小麦「お父さん、ちょっと、戻って」

小吉「（車に乗る）どうしたの？」

小麦「ドア、閉めて」

歩「どうしたのよ」

小麦「うん。あのね。お腹が痛いっていうのはね――ウソなのよ」

小吉「ウソ？　あの痛がりようが、真っ赤な嘘だって言うの？」

歩「なんで、そんなウソ」

小麦「だから、私だって、ここまで大事になるって思ってなかったのよ」

小吉「心配したのにぃ」

小麦「だって――行きたくなかったんだもん」

小吉「行きたくなかったって――ひょっとして、今日の、短大の同窓会の事？」

小麦「そう」
歩「それだけの事で仮病までしたわけ？」
小吉「行きたくないなら、欠席すれば済む話じゃないか。それをさ——」
小麦「そうなの。その通りなの。でも、いざ行こうと思ったらさ、なーんか嫌になっちゃって。自分でも、仮病を使うほど嫌だって思ってなかったのよ」
歩「だよね。楽しみにしてたもんね」
小吉「この日のためにワンピースだって新調したんだろう」
小麦「それよ。原因、それ」
歩「あのワンピ、気に入ってたじゃない」
小麦「でもね、よく考えると、アレっていかにも、普通のオバサンが着てるものなのよねぇ」
小吉「いいじゃない。普通のオバサンなんだから」
小麦「だって、同窓会なのよ。二十五年ぶりに会うのに、見るからに、普通のオバサンなんて——あー、嫌だ嫌だ」
歩「皆、同じ年なんだから心配しなくても全員オバサンになってるって」
小麦「学生時代の私は、とんがってたのよ。それが、こんな、いかにも平凡な主婦でございって恰好で行けないの。絶対、それだけは嫌」
小吉「そういうものなの？」

歩　麦「じゃあ、頑張って、とんがった恰好してゆけば？」

小　麦「ダメよ。今あるバッグも靴も、アクセサリーも、見るからにオバサンだもん」

歩　麦「そんなの、うまくコーディネイトしたら、大丈夫だって」

小　麦「ダメなのぉ。顔が、とんがってないンだもん。まん丸だもん。無理よ、行けないわよ」

小　吉「わかった、わかった。行かなくっても誰も困らないンだからさ。欠席すればいいじゃない。な、そうしよう」

小　麦「う〜ん（煮詰まって）それもしゃくだと思わない？」

歩　麦「だから、お腹が痛いって、無理やり理由作ったのか」

小　吉「どーするの？　行くの？　まだ間に合うンだろう？」

歩　麦「大丈夫だよ。お母さんは、普通のオバサンにしたらアバンギャルドな方だよ」

小　麦「そんな気休め」

歩　麦「本当だって。十分とんがってるって」

小　吉「そうだよ。死にそうなゴキブリに『ゴキブリのくせに自然死するんじゃねぇ』ってすごんだりする所なんかさ」

小　麦「それって、とんがってることになるのかしら？」

歩麦「少なくとも、普通のオバサンの行動じゃないよねぇ」
小麦「そう？　そうよね。オバサンじゃないかもね。私、本当は、お料理とか、手芸とか好きじゃないし」
小吉「そうそう」
小麦「ガーデニングとかも、本当は、大キライッだし」
歩「そうよ」
小麦「それから、隣の赤ちゃん！　可愛いでちゅねぇって言う度に、心の中で、どこがじゃッ！て突っ込んでるのよ——なんか、私って、ものすごく無理して生きてるってこと？」
小吉「いや、言うほどでもないンじゃない」
小麦「ううん、言う事、言ってないような気がしてきた。『スーパーで会ったからっていちいち人のカゴん中見るンじゃねーよ』とか『つるさいんだよぉ、新聞なんかとらねーって何回言ったらわかるんだよおぉ！』とか、本当は言いたかったんだわ。『そんな服、全然似合ってねーっつーの』とか、えーっと、それからねぇ」
歩「まだ、あるんだ」
小吉「あのさ——続きは同窓会でやったらどうかな、ね」

◉第三話『女子高生の嘘』

平田小吉（父親）	四十五歳……会社員
平田　歩（娘）	十六歳……高二
コンドー君（歩の友人）	十六歳……高二

西　村「西村雅彦です。電車の中で聞くともなくおばさんの話が耳に入ってきます。『生きたまま』『埋めた』、穏やかな話じゃありません。続いて聞いてると、『暴れて』『南無阿弥陀仏』。うわ～何の話だと！　で、よ～く聞いてみるとおばさんが、カニを茹でるとき、お湯が沸騰してるので、少し水で埋めて、成仏してよ、と言っていたのでした。――それではCMの後ドラマが始まります」

車が止まる。

小　吉「お〜、並んでる、並んでる」
コンドー君「うわぁ、多いなぁ」
小　吉「すごいよな。これだけの人が徹夜するわけ？　たかだか、コンサートのチケット買うために？　信じられないよな」
コンドー君「歩さん、見つけられるかなぁ」
小　吉「それらしいの、いない？　なんだよ、若いのばっかりだな。オレが顔出すの、なんか場違いじゃない？」
コンドー君「オジサンぐらいの人も、チラホラ、いるみたいですよ」
小　吉「本当だ。ケッ、無理して若作りして来てやんの。フン。本当にわかってるのかね。若いヤツに迎合してるだけじゃないの」
コンドー君「あ、あれじゃないですか？」
小　吉「どれ？」
コンドー君「ほら、あの、背の高い男の人としゃべってるの——」
小　吉「え、男——おかしいな。女の友達とチケット取りにゆくって言って家出たはずなんだけどな」
コンドー君「間違いないですよ。あの髪形」
小　吉「えー、ウソ？　本当だ。間違いないよなぁ。何なんだよ、あの男はさ」
コンドー君「偶然会ったンじゃないですか」

小　吉「偶然って感じじゃないだろう」
コンドー君「そうですねぇ」
小　吉「女同士っていうから、徹夜、ゆるしたんだぞ。男と行くなんて話だったら絶対許してないンだからな。何だよ。ウソつきやがってッ！　男と夜通しッ！」
コンドー君「夜通しって言っても、これだけ人がいるんだし――」
小　吉「同じだよ。何だよ。せっかく、夜、並ぶのはキツイだろうと思って、差し入れ持って来てやったのにさ」
コンドー君「――そういうことか」
小　吉「何が、そーゆー事なんだよ」
コンドー君「歩さんの趣味は、ブリティッシュロックなのに、なんでこんなコンサートに行きたがるのか、ちょっと不思議だったんですよね」
小　吉「やっぱり、男か？　クソーッ！　オレ、ちょっと行って、ガツンと言ってやる。コンドー君の分も、ガツンと言って来てやるからな」
コンドー君「な、何ですか、ボクの分って」
小　吉「コンドー君もショックだろう？　歩が他の男と徹夜するんだぞ」
コンドー君「いや、別に、ボクは――」
小　吉「わかってる。みなまで言うな。オレに任せろ。そのお握りと水筒取ってくれ」
コンドー君「はぁ（渡す）あれ？」

小　吉「ん？」
コンドー君「歩さん達、何か食べてますよ」
小　吉「え？　あーッ、あいつら、なんで食べるんだよぉ。せっかく差し入れ持ってきてるっていうのにさ。バカタレがッ！」
コンドー君「お寿司みたいですね」
小　吉「え？　お寿司なの？　コンドー君、目いいな。見えるの？」
コンドー君「あ、今、マグロ食べたみたいです」
小　吉「それは、アレか？　まさか、上にぎりじゃないだろうなッ！」
コンドー君「いや、そこまでは——」
小　吉「クソッ！　金持ちのバカ息子か。バカにしやがって。どーせ、オレが持ってきたのは、オカカのお握りよ。フン、なーにが上にぎりだッ！　お前らに愛情こもったお握りなんかやらないからな。何も持っていってやらないンだから（車出る）」
コンドー君「オジサン。あんまり怒らないでテンション下げて——」
小吉（オフ）「上にぎりが何だぁっ！」
コンドー君「オジサン、冷静になって——行っちゃったぁ。相当怒ってるよなぁ、アレは」
歩「うーん。相当、怒ってたねぇ」

コンドー君「うわッ！　歩さんッ！　え？　あれ、歩さんじゃなかったの？」
歩「違うわよ」
コンドー君「違うンなら、どーして出て来て違うって言わなかったの？　オジサン、勘違いしたまま——」
歩「人違いだけど、勘違いじゃないから」
コンドー君「へ？」
歩「お父さんに、ウソついたの。女の友達じゃないの。男の友達と来てるの」
コンドー君「男のって——誰？」
歩「コンドー君の知らないコ——ね、女の子と来てたって事にしておいてよね。これ、お握りでしょう？　中何？」
コンドー君「オカカと梅干し」
歩「やったぁ。よろしくね。お握りと水筒貰ってゆくからね（駆けてゆく）お願いよぉ」
コンドー君「いや、オカカと鮭かもしれないよ——（ポツンと）どっちでもいいか」
小吉「（車に入ってくる）いやいや。まいった。違うよ。人違い。全然、違う女の子だった。寿司もね、上にぎりじゃなくてスーパーに売ってるようなヤツでさ。どうかしたの？」
コンドー君「今、歩さん、ここに来て、お握り持って行きました」

小　　吉「えー、何？　入れ違いになったの？」
コンドー君「友達、やっぱり、女の子でしたよ」
小　　吉「え？　見たの？　何だ、そうだよな。いやいや。コンドー君が見たンなら間違いないか。ハハ、何か、オレ見苦しい所見せちゃったみたいね」
コンドー君「歩さんの、髪形、いつもと違ってましたよ」
小　　吉「え、そうなの？」
コンドー君「前髪、上げてました」
小　　吉「ああ、それで見間違えたのか——何かオレ、ホッとしちゃった。一杯やりたい気分だけど、車だし、おまけにコンドー君は未成年だし——ファミレス寄って、甘いもんでも食べるか」
コンドー君「あー、いいですね」
小　　吉「(車を出す)じゃ、帰るとすっか」
コンドー君「歩さん、あんな髪形するんですね」
小　　吉「あっ、ちょっと、ときめいた？」
コンドー君「今度、ボクもやってみようと思っただけですよ」
小　　吉「止めろって。絶対、似合わないって」
コンドー君「冗談ですよ。やりませんよ——やっても見せる人、いませんから」

●第四話『青年の嘘』

平田小吉（父親）四十五歳……会社員
平田小麦（母親）四十五歳……主婦
平田　歩（娘）十六歳……高二
コンドー君（歩の友人）十六歳……高二

西　村「西村雅彦です。〈可愛さ余って憎さが百倍〉っていいますが、余るって、可愛さが余るってどういう事？　憎さが百倍って？　誰が計るの？　さっぱり意味がわかりません。ならば、いっそわからなさを徹底させて〈可愛さ余って、肉じゃが百グラム〉。よくわかりませ～ん。〈可愛さ余って、ニコラス・ケイジ〉。なんだかワカラナ～イ――それでは、CMの後ドラマが始まります」

走る車の中。

小　吉「いや、まいったなぁ。まさか家出までしてくるとはなぁ」

小　麦「コンドー君、ごめんなさいね。子どもの言う事だから、気にしないでね」
コンドー君「はぁ」
歩「子どもって言っても、十分、大人って感じだったよ。アキチャン」
小　麦「でも、まだ小学五年生よ」
小　吉「そーだよ。それが、愛だの恋だの、言っちゃってさ」
歩「でも、びっくりしたよね。コンドー君の事が好きで家出してきたなんてさ」
小　吉「姉貴の一番下の子でさ、わがままに育ってるのよ。欲しい物は、どんな事しても手に入れるってタイプでさ」
歩「じゃあ、今日の所はおとなしく帰ったけれど、諦めてないってこと？」
小　麦「どーする？　コンドー君」
コンドー君「どーするって――」
歩「一度、付き合ってみる？」
コンドー君「何言うんだよ。小学生だよ。ランドセル背負った」
小　吉「まぁ、向こうから、諦めてくれたら、一番いいんだけどさ」
歩「傷つかないような、うまい方法があればいいけどさ――難しいよね」
小　麦「恋なんてさ、所詮、幻想なんだから、その幻想を壊せばいいンじゃないの？」
歩「お母さん、するどい」
小　吉「いや、それは言えてるよな。コンドー君が、こりゃあ、幻滅するわっていう

　ような所を見せればいいんじゃないの」
コンドー君「幻滅ですか――例えば、どんな事ですか？」
小　吉「例えば――う―ん、例えばねぇ」
歩「私、アレ、幻滅したなぁ。図書クラブの時さ、『失楽園』持ってきなさいって言われて、皆、ミルトンの『失楽園』持ってきたのに、コンドー君だけ渡辺淳一の『失楽園』持ってきた時――」
小　麦「あら、渡辺センセの？」
コンドー君「あれから、しばらく、スケベって呼ばれてたんですよね、ボク」
歩「まだあってさ。ディケンズの『大いなる遺産』持って来いって言われたのにコンドー君だけ、稲荷寿司持って来ちゃってさ」
小　吉「なんで、稲荷寿司なの？」
コンドー君「いや、お稲荷さんだと思ったンですよ」
歩「『大いなる遺産』だって。チャールズ・ディケンズの。図書クラブなんだから。なんで、お稲荷さん持ってくるかなぁ」
コンドー君「だって、そう、聞こえたんだもん」
小　吉「もっと、こう、決定的なダメージを与えるようなのが、いいんじゃないかな。例えばだ。シップ薬と間違えて、スライスチーズを肩に貼ってしまったとか」

歩　　「それ、お父さんが、この間やっちゃった事じゃないの」
小麦「こういうのどうかしら？　肉屋で、隣の人が牛《ギュー》五百グラム下さいっていうのを聞いて、思わず、じゃあ、私はブー、二百ねって言っちゃったって話」
小吉「何だよ、ブーって」
小麦「ギューが牛肉だから、思わず豚肉の事ブーって言っちゃったのよ。もう、恥ずかしいったら、ありゃしない」
歩　　「それ、お母さんの体験談じゃない」
小吉「体験談じゃなくて作った方が、はやいんじゃないの。ウソを。アキチャンが、コンドー君を諦めるような、ウソ」
小麦「コンドー君には、ヘンな癖がある」
歩　　「うん、いいんじゃない。それから」
小麦「うーん。ちょっと、歩、続き、あんた考えてよ」
歩　　「えー？　えーっと。何か集めてるっていうのどう？」
小吉「いいんじゃないか、それ。思わず、女の子がひきそうな物がいいな」
小麦「コンドー君、何か集めてないの？」
コンドー君「うーん、昔、切手とか集めてましたけど」
小吉「切手じゃなぁ――もっと気持ち悪いものの方がいいんじゃないの」
小麦「お父さん、自分の髪の毛集めてたことあったじゃない」

小　吉「え？　ああ、アレね」

小　麦「アレ、相当、気持ち悪かったわよね」

歩　　「なんで、そんなもの集めてたのよ」

小　吉「いや、何ていうか。毎朝、枕にひっついてる抜け毛を見てるとさ、将来、万が一、薄くなっちゃった時に、ひょっとしたら何とかなるんじゃないかって思ってさ、ちょっと、捨てられなかったのよ」

歩　　「何とかなるって？」

小　吉「いや、将来、ハイテクで、抜けたの、全部、つけられるとかさ、そういうこともありうるかなって――」

歩　　「そんな遠大な計画があったんだ」

小　麦「あッ！　虫なんか、いいんじゃない？」

小　吉「おう。いいな。虫。アキチャン、蜘蛛がものすごく嫌いって話、聞いた事あるぞ」

歩　　「アキチャンに会っても、蜘蛛の話しかしないとかさ」

小　麦「コンドー君、あんた、絶対、嫌われるわよ」

コンドー君「でも、ボクもあんまり、蜘蛛って好きじゃないんですよね」

小　吉「何情けない事言ってるンだよ。ここはグッと我慢するんだよ。それで、事はおさまるんだから、男は、我慢よ」

コンドー君「はぁ――あっ、話をしてたら本当の蜘蛛が出てきましたよ」
小　吉「えー、ウソッ！　車の中にいたの？　うわっ、オレ、苦手なの。捕まえてよ。捕まえた？　ね、ね」
歩「何だ、お父さんも嫌いなんじゃん」
コンドー君「捕まえました。小さな蜘蛛だなぁ。こうして、じっくり見てみると、案外、かわいいものですね」
小　吉「え？　かわいい？　かわいいの？　本当に？　へー、そりゃウソから出たマコトだね。これがきっかけで、蜘蛛が好きになったりして。ハハハ」
歩「ふーん、そんな事もあるんだ」
小　麦「嘘が本当になるって事はさ――お父さんの、抜け毛がハイテクでひっつくって話も、案外、本当になったりしてね」
小　吉「あ、そうか――どうしよう、もし、そうなったら」
歩「良いじゃない。望みがかなって」
小　吉「良くないよ、先月捨てちゃったんだよぉ、コツコツ貯めた抜け毛十年分。く～こんなことなら、全部、おいておけば良かったよぉ～～」

「男がふたり」

◉第一話『夢の中へ』

平田小吉　四十六歳……会社員
コンドー君　十七歳……高三

西　村「西村雅彦です。四畳半の中心で〈おー寝た寝た〉を叫び和食中心で〈おいしい〉を叫びバスの中心で〈降ります降ります〉を叫びスタジオ生活中心で〈暑い暑い〉を叫び西村中心のドラマを〈面白い面白い〉と叫んで下さい。何じゃそりゃ？　——それでは、CMの後ドラマが始まります」

走る車の中。

小　吉「この道でいいんだよな」
コンドー君「えーっと、そうです。この道で間違ってないです」

小　　吉「お祖父《じい》さんの墓参りなんて、若いのに殊勝だねぇ」
コンドー君「しょうがないですよ。両親はニュージーランドだし、ボクしか行く人間がいないんですから」
小　　吉「でも、出来ることじゃないよ。十七歳の身空《みそら》で墓参りなんてさ」
コンドー君「すみませんね。オジサンまで付き合わせてしまって」
小　　吉「いいの、いいの。どーせ、家にいてもお母さんと歩は、旅行でいないんだからさ」
コンドー君「オジサンは、どうして行かなかったンですか?」
小　　吉「だって、アロマリラクゼーションとか何とかいってさ、エステ付きのホテルで一週間だぜ。そんなもんに付き合えないって」
コンドー君「今は男もエステやるみたいですよ」
小　　吉「ヤな世の中だねぇ。男がエステとは」
コンドー君「あ、あの交差点を右です」
小　　吉「お、右な——でも、なんで、急に墓参りなんかしようと思ったの?」
コンドー君「それが、自分でもよくわからないんですよ。しいて言えば、この間、蝶々を見て——」
小　　吉「なんで、蝶々見たら、墓参りなんだよ」
コンドー君「いや、それが、自分でもよくわからなくて——蝶々見た瞬間、あ、おじいちゃんのお墓参りしようって——何なんでしょうね？」
小　吉「蝶々がおじいちゃんの生まれ変わりとか——その手の話？」
コンドー君「生まれ変わりって言われても、亡くなったの二十年以上前の話だし」
小　吉「何かさ、『蝶々』に特別な思い出があるんじゃないの？　——オレも、そういうのあるよ。『焼きそば』って聞くと、なんかイヤ〜な気持ちになるんだよな」
コンドー君「そういや、オジサン、焼きそば食べないですね」
小　吉「最近、その理由がわかったんだよ。中学の時、教室で大喧嘩があってさ」
コンドー君「えーオジサン、ケンカ出来るンですか」
小　吉「喧嘩はオレじゃないヤツがしてたの。オレは止めにはいっただけ。でも、そいつら目茶苦茶強いヤツらで、オレ、いとも簡単に投げ飛ばされちゃってさ」
コンドー君「それが、なんで『焼きそば』なんですか？」
小　吉「その日、帰ったら、うちの母親、でかけてて、『焼きそば』がポツンと置いてあってさ、それを、みじめな思いをしながら、一人で食べたわけ」
コンドー君「悲しい思い出ですね」
小　吉「この喧嘩の話題、同窓会で必ず出るんだけどさ、皆、あの時止めに入ったの一体誰だっけ？ていう話になるんだよなぁ。誰も覚えてないの。実は、オレなんだけどさ、いまさら言えないじゃん。だから誰だったんだろうね。間抜けなヤツだなって、皆と一緒に笑ってるわけよ」

コンドー君「『焼きそば』は、オジサンのクラーイ、青春の象徴なんだ」

小　吉「そうよ。だから、その蝶々も、何かあるんじゃないの」

コンドー君「何かって——そういえば、蝶々っていうと、ヨットを連想するなぁ」

小　吉「ヨットって、船のヨット？」

コンドー君「なぜなんだろう。ボクにとっては、蝶々はヨットなんですよね」

小　吉「ふーん。蝶々がヨットねぇ」

コンドー君「あ、そっか。おじいちゃんのお墓、海が見える場所にあるんですよ。そういえば、墓地から、ヨットが見えるんだ。そうか。それで蝶々見てヨット、ヨットだから墓参り。そーですよ。それに間違いないですよ」

小　吉「でも、蝶々でヨット、っていうのがわかんねーなぁ」

コンドー君「そーですよね」

小　吉「でも、羽ンとこ、ヨットに似てると言えば、似てるよな」

コンドー君「え？　あ、そっか。そうですよ。思い出した。チチが、取ってくれた蝶々だ。チチは、蝶々を素手で取るのがうまくて、幼稚園の頃かな、花にとまってる蝶々を捕まえては、ボクに、くれるんです。羽ンとこ、つかまえて、逃げないように、ボクの小さな指に手渡してくれるんだけど、捕まった蝶々は半分に折りたたまれてて、ボクはそれを見るたびに、ヨットみたいだなぁと思ってて──」

小　吉「ああ、なるほど」

コンドー君「お父さん、ヨットとってぇーってよく言ってました。そしたら、よーし一番大きなヨットをとってやるからなぁって──」

小　吉「なんだ、いいお父さんじゃないか」

コンドー君「え？　──ものすごく昔の話ですよ」

小　吉「だけど、今は、嫌ってンだろう。お父さんのこと」

コンドー君「価値観が違うというか、とにかく全然、違うんです。言うこと、いちいち古臭いし、自分勝手だし──」

小　吉「でも、蝶々と聞いて、ヨットを連想する人は、この世でお父さんだけかもしれないじゃないの」

コンドー君「──それは、そうかもしれませんけど──」

小　吉「同じ言葉を持ってるって、嬉しいじゃないか」

コンドー君「同じ言葉って何ですか」

小　吉「だから、例えば、オレが死んでしまうとするだろう。でも、コンドー君は『焼きそば』という言葉を聞く度に、ああ、オジサンにも中学時代があったなぁって思い出してくれるんじゃないの？　他の人にはわからなくても、コンドー君だけはさ」

コンドー君「それは、そうかもしれませんけど――」

小　吉「お父さんのこと嫌いかもしれないけれど、お父さんとしか通じない言葉、探せば、もっともっとあるんじゃないか。探してみろよ。絶対、あるから。もう、ザクザク、あるに違いないから」

コンドー君「そんな財宝みたいじゃないですか――でも、探したら――探したら、本当に見つかるのかなぁ」

◉第二話『東へ西へ』

平田小吉　四十六歳……会社員
コンドー君　十七歳……高三

西村「西村雅彦です。こないだの夜、駅の階段を通り過ぎようと、ふと見るとカップルが何と！　キスしてるんです！　あわてて別の方角へ駆けていくと、またカップルがキスしてるんです！　なんか私が、キスしてるのを見回ってるみたいじゃないですか！　またちがう方向に逃げても別のカップルがキスしてるんです！　ああ、どうしよう！　東西南北キスだらけ。春夏秋冬キスキスキス。上下左右キスの包囲網——ウーンと私は気をうしなってしまいました。ウソ♥　それでは、CMの後ドラマが始まります」

夜中に走る車。

小　吉「ヤバイよ。もう、夜中の三時だぜ。もう帰って寝ないと。明日、起きられないって」

コンドー君「ですよね。ボクも、明日、朝から集中講座があるし」

小　吉「じゃ、そろそろ帰るか？」

コンドー君「オジサン、帰って、眠れますか？」

小　吉「だよな。クーラー、壊れちゃったンだもんな。眠れないよな、こんな熱帯夜。絶対、寝つけないと思う」

コンドー君「もうちょっと、車の中で、すずんで帰りましょうよ」

小　吉「うん――でも、会議なんだよな。明日は、朝から。絶対に遅刻するわけにはいかないない会議」

コンドー君「ボクだって、明日は外せない模擬テストがあるんですよ」

小　吉「なんで、こーなるのかねぇ」

コンドー君「昼寝したのがまずかったですよねぇ」

小　吉「そうだよなぁ。あんだけ寝たら、もう寝れないわなぁ」

コンドー君「もう、このまま、朝まで寝ないでいましょうか？」

小　吉「え？　明日、テストだろ？　そりゃ、ダメだって」

コンドー君「でも、眠らなきゃなんないって思うと、ますます眼が冴えるじゃないですか」

小　吉「確かに。それは言えてる」

コンドー君「ボク、もう、いいです」

小　吉「いいですって？　何が？」

コンドー君「捨てました。明日の模試」

小　吉「えっ？　なんで？　そこまで、自暴自棄にならなくてもいいんじゃないの？」

コンドー君「お〜ッ、すごい。オジサン、すごいですよ、これ、効きますよ」

小　吉「何が？」

コンドー君「もう、いいやと思った瞬間、ものすごく気分が楽になりました。今」

小　吉「うそ？　そんなバカな」

コンドー君「本当ですって。オジサンも思ってみて下さい。明日の会議なんか、もうどうでもいいって」

小　吉「えー、いや、だって、本当に大事な会議だからさ――」

コンドー君「なんか、クーラーなくても眠れそうな気がしてきたな」

小　吉「え、本当に？　そんなに効くの？」

コンドー君「なんか、悪いですね。家帰ってボク一人だけ寝てしまうの」

小　吉「ちょっと待てよ。思うだけでいいの？　やってみようかな？　えー、会議なんかもう、どうでもいいような気がする――」

コンドー君「心の底から思わないと、効果ないですからね」

小　吉「あ、心の底からね。なるほど――えーっ、会社なんか、どーなろうと、オレの知ったことか。（棒読みのような台詞がだんだん真実味を帯びてくる）大体、こっちが思ってるほど、会社はオレのことなんか思ってくれてないことぐらい、もうとっくにわかってんだよ。会議、会議って会議さえすれば、何とかなるなんてもんじゃねーんだよ。フン、明日の会議だって、もう部長が結論出してるくせにわざわざ朝から人、集めるんじゃねーっつーの！」

コンドー君「オジサン、やれば出来るじゃないですか」

小　吉「え？　あ、いや、何言ってるんだよ。でも、ほんとだ。なんか、楽になったような気がするな」

コンドー君「でしょう？　明日のことなんか、もう、どーでもいいと思う所がポイントですよ」

小　吉「なんか、そう思うと、もっと車を走らせたい気分になってきたなぁ」

コンドー君「あ、もしかして、逆効果でしたか？」

小　吉「おぉ、月だ。あの月を追いかけて走ろうか。子どもの頃、思い出すなぁ、どこまで追いかけても、追いつかなかった、お月様をさ」

コンドー君「さすが、三時過ぎだと、誰も歩いていませんね」

小　吉「でも、走ってる車はいるじゃない」

コンドー君「でも、なんか流れ星みたいに、ビュンって走り抜けてるだけですよね。何もしゃべりたくないって感じで」

小　吉「夜中には、皆、ひとりになっちゃうもんなのよ。オレなんて、携帯、家に置いてきちゃったんだぜ。携帯持たずに車に乗ってンだから、見よ、この大胆さ」

コンドー君「自分は誰だろうって思いますよね、こんな夜中に外にいると」

小　吉「昼間の自分は仮の姿で夜中こそが本当の自分なんだな、実は」

コンドー君「本当の自分ですか」

小　吉「会社員でも、高校生でもない、何もかもとっぱらった自分さ」

コンドー君「あッ、今の――」

小　吉「何？　何かいたの？」

コンドー君「あ、いえ、ホームレスの人が、寝てたなぁと思って」

小　吉「そりゃ、寝るだろ。三時だもん」

コンドー君「自動販売機の前に寝床つくって眠ってました」

小　吉「自動販売機？　うるさくないのかな、機械の音」

コンドー君「音より、明るい方がいいんじゃないですか。ほら夜の間、電気消えないから」

小　吉「なるほど。わかるような気がするな。少しでも明るい所を見つけて、夜を過ごす気持ち」

コンドー君「本当の自分って、心細くて、頼り無いような存在かもしれませんね」

小　吉「存在ときたか。まぁ、そういう頼り無い者たちが、夜中に明かりを求めて、さすらうんだろうな」

コンドー君「ボク達も明るいところ、行きませんか？」

小　吉「おお、そーだな。とりあえずコンビニで、雑誌でも読んで、オニギリでも腹に入れて、それから――」

コンドー君「その後のことは、その時の気分で決めましょうよ」

小　吉「おぉ、そーだな。とりあえず、今のオレ達は、名もなき、さすらい人だからなぁ」

◉第三話『心もよう』

平田小吉　四十六歳……会社員
コンドー君　十七歳……高三

西　村「西村雅彦です。ケータイに色んな付属機能が増えてます。アトどんなモノが考えられるでしょうか？　例えば、栓抜きとかつまようじ。えーと十徳ナイフ、縄バシゴなーんて言ってると、プレゼンで怒られるよ。もっと想像力を飛躍させてケータイ落とした時に、情報悪用されないように、落としたとたん、ケータイが見た目羊羹に変身してしまう機能なんてどう？　プレゼンで言って怒られて下さい♥　それでは、CMの後ドラマが始まります」

走る車の中。

小　吉「で、そっち、どーだったの？」
コンドー君「オジサンこそ、どーだったんですか？」
小　吉「オレ？　オレのはさぁ――まぁ、あんなもんじゃないの？」
コンドー君「三十年ぶりですか？」
小　吉「えっと、高二の時だから、そうか、もう三十年たってるんだ」
コンドー君「顔、変わりますか？　やっぱり、三十年経つと」
小　吉「骨格は変わってないはずなんだけどさ、変わるよなぁ、女ってヤツは」
コンドー君「そうですか。変わりますか。やっぱり」
小　吉「うん。変わってた。会うンじゃなかったって、ちょっと後悔した」
コンドー君「あ、後悔したんだ」
小　吉「いいか。コンドー君。昔の同級生が、会いたいって言ってきてもだな。たとえ、その同級生が、絶世の美女であってもだな、会わない方がいい。これは、万国共通の法則だぞ」
コンドー君「そうですか。ダメでしたか」
小　吉「向こうから会いたいって電話もらった時はさ、天にも昇る気持ちって、こういうことを言うんだなぁって思ってたんだけれど――会っちゃうとね、何、コレって感じ？　あ、この話、歩とかお母さんには、絶対内緒な」
コンドー君「わかってます。言いません」

小　吉「で、どーだったの？　コンドー君の方はさ」
コンドー君「ボクの方こそ、絶対、言わないで下さいよ」
小　吉「おぅ、もちろんだとも。拷問されても言わないって。で、どーだったの？
コンドー君の方は。大丈夫なの？　ネットで知り合った知らない人と会うなんてさ。気をつけた方がいいんじゃないの」
コンドー君「同じ趣味同士の集まりですよ。ケーキ作りの会っていうか。でも来たのボクともう一人だけで――」
小　吉「ほう。かわいいコだった？」
コンドー君「ええ、それが（ため息）」
小　吉「あ、コンドー君も後悔したクチか」
コンドー君「ボクがいけないんです。相手がどんな人か、勝手に想像してたから」
小　吉「あ、全然、違うタイプの女の子だったんだ」
コンドー君「女の子だったら、まだ良かったンですけど」
小　吉「え？　男だったの？」
コンドー君「はぁ、それも、中年のオジサンというか」
小　吉「えー、オジサンだったの？　なんで？　ケーキ作りが趣味なんだろう」
コンドー君「だから、話の内容から、ボクが勝手にそう思い込んでただけだったんです」

小　吉「そうか。オジサンかぁ――詐欺みたいな話だな」
コンドー君「でも、向こうも、勘違いしてたらしいんですよね、ボクのこと、三十代の女性だと思ってたみたいで」
小　吉「あっちも唖然としたんだ」
コンドー君「スーパーの店長さんらしくって時間がないから制服のまま来てて、なんか――ボク達、バイトの面接みたいでした」
小　吉「そりゃ、気まずかったよなぁ」
コンドー君「でも、いい人でしたよ。レタスくれたし。おみやげにって（袋を出してくる）うわぁ、六個も入ってる」
小　吉「そりゃ、店長の権限だよ」
コンドー君「（ため息）なんか疲れました」
小　吉「わかる。オレも疲れた（ため息）」
コンドー君「でも、オジサンの場合は、少なくとも女の人だったわけだし――」
小　吉「いや、会いたいって言ってきた、その理由っていうのがさ――あ～、やんなっちゃうな、もう」
コンドー君「何だったンです？」
小　吉「いや、結局さ、何かわけのわからない健康食品を買わないかって話だったわけよ」

コンドー君「そんな話だったんですか」

小　吉「イタリア料理屋で会うっていうから、オレ、勉強したんだよ。テリアテッレ・ゴルゴンゾーラだろ、なんたらカッチャトーラ、バーニャ・カウダ。これ全部、食い物の名前だぜ？　本当に普通の人がこんなもん注文してんのかって言いたいよな。でも向こうは、健康の話ばっかりでさ。リボタンパクがどーの、オレイン酸がいいだの、その合間に店の人がやってきてテリアテッレ・ゴルゴンゾーラでございます。彼女は自分の話で夢中でさ、そうなのよ、アルギン酸とタウリンなのよって。店のヤツはバーニャ・カウダでございます。もう、みんな日本語を話してるとはとても思えなかったな」

コンドー君「で、買ったンですか？　その健康食品」

小　吉「あ〜、それよぉ。買ったンだよ。それが。後ろにあるヤツがそう」

コンドー君「へぇ——オジサンのも、（数えて）６個ですね」

小　吉「本当は１ダース買わされるとこだったんだよ。それを、何だかんだ言って半ダースに負けてもらったの」

コンドー君「会わない方がいいこともあるんですねぇ」

小　吉「あるねぇ。絶対、ある」

コンドー君「懲りましたねぇ」

小　吉「ああ、もうコリゴリ」

コンドー君「ボクも、コリゴリです」
小　吉「じゃあ、その店長とは、もうメール交換はしないの?」
コンドー君「え?　いや——するかも」
小　吉「なんで?」
コンドー君「いや、けっこうメールでは気が合うというか。眠れない夜とか、やっぱり、メール打つよーな気がするな」
小　吉「でも、店長だろ?」
コンドー君「オジサンは、どーなんです?　その同級生から電話かかってきたら、もう会わないいんですか?」
小　吉「そりゃ、会えば、また高いの買わされるだけだし——でも、また会っちゃうかもな」
コンドー君「奥さんに内緒で?」
小　吉「うん、内緒で。どういうんだろうね、こーゆーの」
コンドー君「どーゆーんでしょうね」
小　吉「(ため息)寂しいのかな、オレ」
コンドー君「(ため息)寂しいンでしょうねボクたち」

◉第四話『傘がない』

平田小吉　四十六歳……会社員
コンドー君　十七歳……高三

西　村「西村雅彦です。旅先の小さな宿での事です。朝、なんか届け物の人が玄関にいたので、取りついでやろうと、広間で朝食の配膳をしているおばさんに声をかけたら、どういう誤解なのか『そんなせっつかんでも、ご飯逃げまへんで。後であげまっさかいな』――そんなに物欲しげな顔してるの？　オレって――それではＣＭの後ドラマが始まります」

雨の音。
車が止まる。

小　吉「(窓を開ける)オーイ。コンドー君?　やっぱり、コンドー君だ」
コンドー君「(だんだん近づいてくる)あ、おじさん」
小　吉「なんだ、傘、持ってないの?　ほら、乗って」
コンドー君「いや——」
小　吉「何?　濡れてるじゃないの。ほら、乗りなって」
コンドー君「ちょっと、寄るところがあるんです」
小　吉「え?　寄るところ?　いいよ、送ってやるから、ほら、乗って」
コンドー君「はぁ(乗る。雨の音が遮断される)すみません」
小　吉「うわっ、ずぶ濡れじゃないの。こんなチンケなハンカチじゃ間に合わねーな」
コンドー君「(拭いてる)すみません」
小　吉「で、どこまで送ってゆけばいいの?」
コンドー君「——やっぱり、いいです」
小　吉「いいよ、どこでも送ってやるから、遠慮せず言いなさいって」
コンドー君「うーん、もう、いいかな。いいです」
小　吉「何だよぉ、なーんか、暗いね。最悪の事態にでも陥ったか?」
コンドー君「はぁ、まぁ、近いかも」
小　吉「え?　そうなの?　——ふーん。あ、わかった。あのハエだ。何て言ったたっけ？　ナナコチャン。コンドー君が名前つけて可愛がってた、あのハエを、ついうっかり間違えて殺しちゃった？　違う？」

コンドー君「違いますよぉ」

小　吉「そう？　違うの？　ふーん。わかった。好きな女の子に、うーんと無理してネックレスを買ってあげたのに、家に遊びに行ったら、お母さんが首にかけてた。さらにショックなことに、そのお母さんが、これまたイノシシのように太い首で――」

コンドー君「違います」

小　吉「違うの？　そう。違うのか。面白いと思ったンだけどなぁ。そっか。何だか知らないけれど、元気出せって。旨いものでも食って帰るか？　な？　どーせ、女どもは今日も、いないわけだし。ワッとやろうぜ」

コンドー君「はぁ」

小　吉「腹が減っては、いい糞は出来ぬっていうしな」

コンドー君「はぁ」

小　吉「今のは、洒落よ。腹が減っては、戦《いくさ》は出来ぬの、洒落。わかってる？」

コンドー君「ああ、なるほど」

小　吉「何だよぉ。こんな下品なネタは、女どもがいない時にしか言えないンだから。お母さんとか、歩とかいてみろよ。お父さん、汚ーいとか、絶対言うんだからな。今だけだぞ。こんなバカな事を大声で言ってられるのは」
コンドー君「――そうですよね。オジサンの言う通り、今だけですよね」
小　吉「ん？　何だよ、いやに真剣じゃない」
コンドー君「いや、だから、ボク達も、もう子どもではないから、バカなことは、やってられないんですよねぇ」
小　吉「どうしたのよ、急に分別臭い顔になっちゃってさ。オレ、バカみたいじゃないか」
コンドー君「実は、今から、友達の家に行くつもりだったんです。その、もう一緒に遊べないって、そう言いにゆくつもりで」
小　吉「なんで？　ケンカでもしたのか？」
コンドー君「いえ――受験があるから」
小　吉「ああ、そりゃ、そうだな。高三だもんな。遊んでる場合じゃないわな」
コンドー君「友達は、受験しないから」
小　吉「あ、そういうこと」
コンドー君「そういうことです」
小　吉「ふーん。そうか。進路が分かれちゃうんだ」
コンドー君「皆は、割り切ってるというか、もっと早くから、受験に集中してるんですけど、ボクは、何ていうか、そういうふうに割り切れなくて」

小　吉「今まで通り、その友達と付き合ってきたんだ」

コンドー君「何か、イヤじゃないですか。受験ごときで、友情が終わってしまうなんて」

小　吉「でも、終えようとしてるわけだ。今日を限りに」

コンドー君「もう八月ですから、さすがに、ボクも焦ってきたというか。勉強、このままではマズイかもって」

小　吉「なるほどね」

コンドー君「ボクのこと、小さな男だと、今思ったンじゃないですか?」

小　吉「何言ってるの。普遍的な悩みだよ、それは」

コンドー君「約束、断り続けて、何となくフェイドアウトしてゆければ、それが一番いいのかなって思うンですけど、それも何だかなぁ、でしょう?」

小　吉「コンドー君としては、ちゃんと言いたいわけだ」

コンドー君「嫌いになったわけじゃないですから」

小　吉「そうか。そうだよな」

コンドー君「明日、約束してるンです。海に行こうって。約束した時、ヤバイなぁって思ったんだけど、まぁいいか、明日断ればって。そう思いつつ、一日たって二日たって、結局、断れずに、今日まで来てしまったというか」

小　吉「それで、こんな雨の中、傘もささずに歩いてたのか」

コンドー君「やっぱり、ボク、今日、言います。ちゃんと会って、受験に専念したいって言ってきます」
小　吉「そうか。じゃあ、その友達の家の前まで送ってやるよ」
コンドー君「いいです。歩いてゆきます」
小　吉「でも、まだ、雨、やみそうもないぜ」
コンドー君「いいです。濡れてゆきます」
小　吉「そうか――わかった」
ドアを開けると雨の音。
コンドー君「アイツ、怒るかな」
小　吉「許してくれるんじゃないの」
コンドー君「そうでしょうか？」
小　吉「許してくれるさ。友達ってヤツは、そういうものさ」

「パパは何でも知っている」

◉第一話　『予選突破』

平田小吉（父親）　四十七歳……会社員
平田小麦（母親）　四十七歳……主婦
平田　歩（娘）　十八歳……大学一年
コンドー君（平田家の下宿人）　十八歳……大学一年

西　村「西村雅彦です。クイズ形式の番組を見ていると、つい興味もないくせに、最後まで見てしまったりします。答えはCMの後！　なんて言われると、トイレ行くのも我慢したりして。人というのは、『何故？　どうして？』という問いに、弱いようであります。謎があると、どーしても無視できない。人類が、いつから、そうなったのかと言いますと——これが、最大の謎でして。ではCMの後、その答えじゃなくて——ドラマが始まります」

走る車の中。

歩「これ、何？」
小麦「あ――イヤだ。何でもないわよ」
歩「お母さん、なんで隠すのよ。今の手紙、テレビ局からだったんじゃない？」
小麦「あれよ、プレゼント？　応募したのよ。番組の最後でやるヤツ。ね、お父さん」
歩「何のプレゼント？」
小吉「え？　いや、だから、その、折り畳み式の、アレだよ。えっと折り畳み式の番組オリジナルの、とっても便利な――えっと何だっけ、何だった？　お母さん」
小麦「えっと――貯金箱？」
歩「何、それ。折り畳み式の貯金箱？　怪しい。お父さん達、目茶苦茶怪しいよ」
コンドー君「オジサン、いつまでも隠し通せる事じゃないと思うンですけど」
歩「何？　コンドー君も知ってるの？　私だけ知らないってこと？　何よ、何なのよ」
小麦「しょーがないわ。本当のことを言いましょうよ、お父さん」
小吉「いや、実はさ、オレ達さ、へへへ、デビューが決まってさ」
歩「は？　デビュー？」

小　吉「テレビデビュー」
小　麦「私たち、テレビに出るのよ」
歩「なんで？」
コンドー君「クイズ番組の予選に通ったんだよ」
小　吉「知ってるだろ？　岩戸弁二郎が司会やってる『家族でドヒャ〜ッ』」
小　麦「一千万円もらえるヤツ」
歩「えー、じゃあ、私も出るの？」
小　吉「いや、それは、その——歩はさ、家族だけど、今は大学行くために下宿してるわけじゃない」
小　麦「そーなのよ。番組としては、一緒に住んでる者が出て欲しいみたいな？」
歩「じゃあ、私、出なくていいんだ」
小　吉「そうそう。出なくていいの」
歩「でも、アレ、三人でしょ？　出るの。お父さんでしょ、お母さんでしょ——あと、誰が出るの？」
小　吉「だから、それだよ」
コンドー君「すみません。ボクが出ることになりました」
歩「コンドー君？　だって、家族じゃないじゃない、コンドー君」
小　麦「だから、他人でも、一緒に住んでる者だったらいいのよ」

小　吉「コンドー君は、うちに下宿してるから家族みたいなもんだし」
歩「えー、何かヘンじゃない？　だって、『家族でドヒャ〜ッ』なんでしょ。なのに家族の私は出られなくて、コンドー君は出られるなんてさ」
コンドー君「オジサン、やっぱり、ボクじゃなくて、歩さんが出た方がいいんじゃないンですか？　テレビ局に言えば、まだ間に合うと思うし――」
小　吉「え、今さら、何を言うンだよ」
小　麦「そーよ、今まで三人で、せっかくチームワーク作ってきたのに」
小　吉「毎晩、早押しの練習してきたじゃないか」
コンドー君「でも、歩さんが――」
歩「いいわよ。別に。私は何とも思ってないから」
コンドー君「と言いつつ、ものすごく煮詰まった顔になってるんですけど」
小　吉「歩、怒るなよ。お父さんはな、今回、真剣に、一千万、取りにゆくつもりなんだ。そのためには、やっぱり、ここは、豆知識豊富なコンドー君じゃないと無理だと思うンだよな」
歩「家族の情より、一千万円の方を取るってわけだ」
小　吉「そういうわけじゃなくて」
小　麦「お父さんの言う通りよ。こんな、チャンス滅多にないんだから、ここは、慎重にメンバーを決めた方がいいと思うの」

小吉「だろう？　お前もそう思うだろ？」
小麦「思う。だから、ここは、思い切って、お父さんをはずして、歩を入れたら、どうかしら？」
小吉「そうそう――えぇッ？　外れるのオレ？　なんでだよ。おかしいだろ、それ。家族の長だよ、オレ、リーダーよ」
小麦「お父さんの得意は歴史問題だけど、その分野はコンドー君の方がよく知ってるじゃない？　だったら、理数系の歩が入った方が、幅が広がるっていうか、ねぇ」
コンドー君「そーですね。歩さんだったら、芸能音楽系も期待出来るし」
小吉「おいおい、ちょっと待てって、なんでそうなるんだよ――お母さんは、どーなのよ。オレより、お母さん外した方がいいんじゃないの？」
小麦「私？　いいわよ、出なくても。でも、何かの拍子で、ジャンケンする事態におちいったら、誰がするの？」
小吉「あー、そっか。ジャンケンねぇ。それがあったか」
コンドー君「オバサンのジャンケンは無敵ですからね」
小吉「いや、弱ったなぁ――実は、いろいろ、事情があってさ。ぶっちゃけた話、オレが出ないとダメなんだよ」
歩「何よ、事情って」

小　吉「だからね、友達にネクタイ屋やってるヤツがいて、テレビ出る時は、そいつの店のネクタイをするって約束しちゃったんだよな。っていうか、もう既にお金、もらっちゃったんだよね。へへへ」
コンドー君「おじさん、タイアップしたんですか」
小　麦「わかった。じゃあ、そのネクタイ、コンドー君にしてもらうわ」
小　吉「いや、だから、それだけじゃないんだって——その後ろの紙袋あるだろ」
歩「(ゴソゴソ探す) これ? (中を見る) 何? この派手な衣装ッ!」
コンドー君「刺繍してますねぇ——林精肉店、内田薬局——何ですか、コレ」
小　吉「いや、だから、テレビに出るって言ったら、うちを宣伝してくれって、あちこちから頼まれてさ——」
小　麦「イヤだ、私達、これ着てテレビ出るわけ?」
小　吉「F1とかで、レーサーが着てるじゃない。会社名の入ったの。アレと同じだと思えば——」
小　麦「思えないわよ。梅の湯とか、マッサージ長谷川とか、何、これ。趣味悪い」
歩「私さ——ゼミがあるから、出るの無理かも」
コンドー君「ボクも、ちょっとクラブが忙しいかもしれないです」
小　吉「そんな事言わずに、出ようよ。皆で着れば怖くないって」
小　麦「皆で着た方が怖いわよ。ねぇ」

小　吉「これ作るのに、すでに八万、かかってんだからさぁ、頼むよ。お願いしますッ！　お願いだから、皆の衆、出てくれよぉ〜〜」

「パパは何でも知っている」

◉第二話『特訓』

平田小吉（父親）　四十七歳……会社員
平田小麦（母親）　四十七歳……主婦
平田　歩（娘）　十八歳……大学一年
コンドー君（平田家の下宿人）　十八歳……大学一年

西村「西村雅彦です。今年、会社に入られた方々も、そろそろ仕事にも環境にも慣れて、気分は、一人前って感じなんじゃないでしょうか。会社帰り、オデン屋なんかで、全く知らない人達と、呑んで、しゃべって、何だか自分が社会に受け入れられたような、温かい気持ちになったりして——秋の夜長、私も誰かと集《つど》いたいっす。では、ＣＭの後、ドラマが始まります」

小吉「コンドー君、本当に、いいの？　テレビに出るチャンスだったのに」

小麦「そうよ。クイズ番組に出るの、決まった時、けっこう燃えてたじゃない」

コンドー君「いいんです。やっぱり下宿人のボクが出るより、本当の家族である歩さんが出る方が自然だし」

歩「あの派手なジャケットは、もう着ないって事に決めたんだからさ、コンドー君出れば」

コンドー君「いや、ボクは、皆のコーチとして頑張りますから」

小吉「そうそう、クイズに勝ったら一千万だもんな。皆、真剣にやろうぜ」

コンドー君「ボク、思うんですけど、皆は記憶クイズが弱いような気がするんですよねぇ」

小吉「ああ、記憶クイズなぁ——言えてる」

小麦「初めてキスした場所はどこですか？とか聞くアレね」

小吉「オレの家だったよな」

小麦「違うわよぉ。プラットホームよ」

小吉「ウソ。オレ、そんな恥知らずじゃないって。絶対、誰かと間違えてるって」

小麦「お父さんこそ、間違えてるンじゃないの？　誰と間違えてるのよ。わかった、香川サンとかいう女だ」

小吉「香川サン？　まだ、それ言うか」

コンドー君「いや、だから、そういう思い違いがあると不利なんで、やっぱ、クイズに出る前に事前に打合せしておいた方がいいと思うンですよ」

歩　「問題を事前に考えておくってこと?」
コンドー君「そう、例えば——お父さんの好きな食べ物は?」
小麦「夏みかん」
小吉「いや、それ、実は違うんだ」
小麦「え?　だって、好きじゃない夏みかん」
小吉「いや、この際だから、はっきり言うと好きじゃない」
小麦「だって、食べるじゃない。私が皮剝いたら、パクパクって」
小吉「それはだなぁ、一番最初にデートした時に、夏みかん剝いてくれたじゃない?　その時、キライだって言いそびれちゃってさ」
歩　「それからずっと、嫌いなのに食べてるの?」
小吉「だって、すっぱいじゃない。言いだす機会がなかったんだよ」
小麦「なんだ、言えばいいのにぃ」
コンドー君「家族でも言えない事、案外あるんですね」
歩　「じゃあさ、私が一番大事にしているのは何でしょう」
小麦「えーと、アクセサリーとかじゃないかしら。あ、こないだ買ったワンピか?」
小吉「夢がないなぁ。海辺で拾ったサクラ貝に決まってるだろ。十代の乙女なんだから」

歩「違う。二人とも違います」
コンドー君「答えは何なの？」
歩「私が大事にしているのは——お父さんとお母さん？」
小吉「（小麦と同時）それ、絶対、ウソだ」
小麦「（小吉と同時）そんなの、ウソウソ」
歩「何よぉ、なんでそんなに同時に否定するかなぁ？」
小吉「お父さんとお母さんって——（小麦に向かって）なぁ」
小麦「そうよ。絶対にありえないって」
歩「なんで？」
小吉「だって、なぁ」
小麦「長い付き合いだもん。嘘か本当かぐらいは、わかりますって」
歩「素直じゃないんだからぁ。わかった。じゃあ、私の大事なのは、真珠のピアスって事にしとくわよ」
小麦「それなら、信じられるわ」
コンドー君「あのー」
小吉「何？　コンドー君」
コンドー君「本当なんじゃないですか？」
小麦「何が？」

コンドー君「いや、今の――大事なのは、お父さん、お母さんっていう、歩さんの答え」
歩「いーのよ。本当じゃないって。ウソよウソ」
コンドー君「家を出ると、けっこう、親のありがたみがわかるっていうか。歩さんも今、大学行くために家を出てるから、そんな事、考えるンじゃないかなぁって」
小吉「え、そんなものなの？　おい、歩。そーなの？」
歩「だから、そんな、深く思ったわけじゃないって、ちょっと、突発的に思っただけなの」
小麦「でも、思うことは思ったンだ。私らが一番大事だって――お父さん、思ったンだって」
歩「だから、ほんのちょっとだけね、瞬間的に、そー思っただけだから」
小吉「そーか。そんなこと、瞬間でも思うようになったんだなぁ」
コンドー君「実はボクも、クイズ番組に出ないって決めたのは、この番組、ニュージーランドにも流れるって聞いたからなんですよね」
小吉「え、流れるの？　だったら出ればいいのに」
小麦「そうよ。ニュージーランドのご両親にコンドー君の元気な姿見せてあげられるチャンスじゃない」
コンドー君「でも、オジサンやオバサンと仲良くクイズ番組出てるの見たら、うちの親、

小　吉「あ、そうか。そうかもしれんな。自分の子ども、取られたような気になるかも」
　　あんまりいい気分じゃないと思うンですよね」
小　麦「そんなことに気が回るようになっちゃったのねえ、コンドー君も」
小　吉「いつの間にやら、大人になんか、なっちまいやがってよ。はぁ〜は」
歩　「ってことは——私が、大人になったのは、いつですかって聞かれたら、答えは今日ってことでいいのかな？」
小　吉「そーよ。今日、大人になったのよ。お前もコンドー君も」
コンドー君「って言われても、実感ないんですけど」
小　吉「でも、そーなんだよ。そーゆーもんなの。あーあ、お前ら大人になんかなりやがって、あーつまんねぇの。でも、ちょっと嬉しかったりもするんだよなぁ。よぉし、絶対に、この日のことを、忘れないようにしようなッ！　平田家の記念日として、永遠に覚えておくぞッ！　オレはッ！」
歩　「多分、覚えておくの、三カ月が限界だと思うけど」

「パパは何でも知っている」

◉第三話『決戦前夜』

平田小吉（父親）　四十七歳……会社員
平田小麦（母親）　四十七歳……主婦
平田　歩（娘）　十八歳……大学一年
コンドー君（平田家の下宿人）　十八歳……大学一年

西　村「西村雅彦です。子どもの頃、近所のお姉さんに、ずいぶん怖がらせられました。この人形、髪の毛がのびるのよ、とか言って、暗がりで見せられたりして。まことしやかにウソをつかれたものです。今は、そのお姉さんに、そっくりのホステスさんに、ずいぶん怖がらせられております。行く度にシャンパンのボトルを開けさせられるものだから、私の財布が怖がって怖がって――ではCMの後、ドラマが始まります」

小　麦「お父さん、大事な話があるんだけど」

小吉「え？　な、何よ」
小麦「一千万円の使い道なんだけどぉ」
小吉「ああ、クイズで、もし一千万円取れたら、七五〇万のキャンピングカーを買うって話な」
歩「お母さんね、キャンピングカー買いたくないんだって」
小吉「なんで？　オレが定年になったら、夫婦でキャンピングカー乗って、全国回るって話だったじゃない」
小麦「そうだったんだけど――」
小吉「それがオレの夢だったんだから。お前も、いいって言ってたじゃないの。キャンピングカーで全国回るの」
小麦「だって、そんなの所詮無理だと思ってたから。キャンピングカーなんて、高いし。何だかんだ言って買えないと思ってたのよぉ。だから、フンフン、いいわねぇとか言って話合わせてきたけどぉ、もしもよ、ひょっとして、明日のクイズで一千万、本当に手に入るようなことになったらさ――私の中では、キャンピングカーはないなぁって」
小吉「えー、本番前日になって、なんでそんなこと言うかな。せっかく、集中力を高めてきたのに。あー今の話でテンションが落ちた。ものすごくやる気なくした」

歩　「で、お母さんは、一千万をどーしたいのよ」
小麦「お父さんと私と歩とコンドー君の四人で二五〇万ずつ分けるの、どーかしら」
コンドー君「え？　ボクに、二五〇万も？」
小吉「なんだ、コンドー君、寝てたンじゃなかったの？」
コンドー君「今ので起きちゃいました」
歩　「私、二五〇万の意見に賛成ッ！」
小吉「お前ら、そんな金の亡者みたいな事言うんじゃないッ！」
小麦「だって、その方が楽しいじゃない。好きに使えて。ねぇ」
コンドー君「二五〇万なんて、どうやって使ったらいいんだろ」
歩　「取りあえず、欲しい物、全部買っちゃうな、私は」
小吉「わかった。お前らの考え、よーくわかったよ。じゃあ、今から行く焼き肉屋の勘定、割り勘な。消費税の分もきっちりと払ってもらうからな」
コンドー君「オジサンって、案外、器の小さな人間だったンですね」
小吉「そうじゃなくて、ちょっと言ってみただけじゃないか。割り勘はウソ。冗談。お前らが、あんまり夢のないことばっかり言うからさ」
歩　「お父さん、キャンピングカーは、お父さんの夢なんでしょ？　そんな大切なものを、こんなギャンブルみたいな泡銭《あぶくぜに》で、かなえちゃうのは、どーかなぁって、私、思うのよね」
コンドー君「そーですよ。夢は、やっぱり自力でコツコツかなえるもんだと、ボクも思います」
小　麦「コンドー君、いい事、言うッ！」
小　吉「オレだって、コツコツやってきたんだよぉ。でも、オレは運がないの。こないだだって、一点二点のポイントカード、チマチマ集めてさ。それが、やっと一杯になったと思ったから、そのお店に行ったら、そこつぶれててさ。もう、すごいショック。今までのオレは何？　みたいな？」
小　麦「お父さん、ほんと運がないから」
歩「明日、ファイナルステージまで行けるのかな」
コンドー君「おじさん。ここは厄落しの意味も含めて、パアーッと散財したら、どーでしょうか」
小　吉「わかったよ。皆の言う通り、一千万取ったら、二五〇万ずつ分けようじゃないの」
歩「本当に？　ヤッタァー」
小　麦「いいの？　いいのね」
コンドー君「何か、悪いですねぇ」
小　吉「ただし、その二五〇万から、皆で少しずつお金を出し合って、何か家族の記念になるものを作る」
歩吉「家族の記念って？」
小麦「まぁ、出来れば永遠に残る物がいいだろうな。ここに平田家あり、みたいな？　後世の人々が、オオッと思うような」
コンドー君「永遠に残る物ですか？　難しいなぁ」
小麦「残るといえば——ヌカミソのヌカドコなんかけっこう持つわよ」
歩「え、ヌカミソって、捨てないの？」
小麦「捨てないわよぉ。古いのに、新しいの継ぎ足しながら使って、その家の味になるんじゃない」
コンドー君「じゃあ、何十年も同じものを使ってるんですか？　つけものって、そんな気持ち悪いモノだったのか」
小麦「何言ってるの、漬物はね、ヌカドコを継ぎ足し継ぎ足ししてるから、美味しいの」
コンドー君「鰻屋の、タレみたいなもんですね」
歩「じゃあ、それにしようか。ヌカミソ。クイズ全問正解を記念した時は、スペシャルなヌカミソを作って、その功績を忘れないように子孫に受け継いでもらうってことで」
小吉「オレが言ってる記念の物っていうのはそんなものじゃなくて——」

小　麦「ちょうど良かった。漬物用の器になりそうなの、さっき、買ったばっかりなのよ。歩、その袋の中、見て——」

歩「これ？　あ、あった。これだ」

小　麦「それそれ。それに、このマジックで、チョチョッて書いちゃってよ。『家族でドヒャ〜全問正解記念のヌカミソ』」

歩「(書いてる)っと、全問正解記念のヌカミソっと」

小　吉「え？　ヌカミソに決まっちゃったの？　もうちょっと話し合おうよ」

コンドー君「みなさん、明日は、これでヌカミソ作れるように、頑張りましょう！」

小麦・歩「イェーイッ！」

小　吉「(呟き)なんで、キャンピングカーが、ヌカミソになっちゃうかなぁ。あー、テンションが、テンションが——急激に下がってゆくよぉ〜〜」

「パパは何でも知っている」

◉第四話『決戦その後』

平田小吉（父親）　四十七歳……会社員
平田小麦（母親）　四十七歳……主婦
平田　歩（娘）　十八歳……大学一年
コンドー君（平田家の下宿人）　十八歳……大学一年

西　村「西村雅彦です。白熊が氷の海を泳いでいるのを見ると、どうも落ちつかない気分になるのは、私だけでしょうか。冷たいのか、温かいのか、どーもよくわからない。だってそうでしょう。海の中は冷たそうなのに、白熊の毛皮はぬくぬくしてる。え？　私、西村雅彦も、ヌペッとしてて、若いのか年くってるのか、よくわからない？　ハッハッハッ、それは、私の芸の幅の広さと解釈して下さい。では、CMの後、名人西村のドラマが始まります」

小　吉「（ため息）」

小　麦「何よ、いつまでも、ため息ばっかり」
小　吉「だってよ――（ため息）」
歩　「そりゃ、生まれて初めてテレビに出てアレだもんね」
コンドー君「まさか、クイズの第一問目で、オジサンが間違ってしまうとは、ボクも思いませんでした」
小　吉「オレ、あの問題、知ってたんだよ。知ってたけど、答え、出てこなかったんだよなぁ」
歩　「んーなこと、いつまで言っても、しょーがないじゃん」
小　吉「あー、全国に生き恥をさらしてしまった。恥ずかしくて、もう外を歩けない」
コンドー君「大丈夫ですよ。全国の人は覚えてませんって、オジサンのこと」
歩　「だよね、出演時間、あんなに短かったんだもんね」
小　麦「そーよ。会社の人に、ちょっとの間、『あンにぉ～の平田さん』って言われるだけじゃない」
小　吉「何だよ、あンにぉ～って」
歩　「自分では気づかないンだ。お父さん、緊張したら、『あのー』じゃなくて、『あンにぉ～』になるんだよ」
小　吉「ウソ。おれ、そんな事言ってた？」

小　麦「『ほら、あンにぉ〜、ほらほら、あンにぉ〜』って、私、もうおかしくって」
コンドー君「テレビ見てる人も、『あンにぉ〜』は印象的だったでしょうね」
　「アシスタントの女の人、完全に笑ってたよね」
歩「え、アレ、そういう笑いだったの？　何だ、キレイなお姉さんが、オレに向かって笑いかけてるから、てっきり、オレはさぁ――（ため息）クソーッ、オレ、とにかく、答え知ってたの。それは、間違いないの」
小　吉「お父さんさ、何て答えるつもりだったの？」
歩「そうよ。『ほら、うちの冷蔵庫の中にあるヤツ』って言ってたけど、何を言いたかったの？」
小　麦「ほら、あるじゃない。冷蔵庫の中に」
小　吉「『タレとかワサビの袋が詰まってるところに、一緒に入れてるじゃないか』とか言ってたよね」
歩「あんなところに、何か入ってたかしら？」
小　麦「入ってたよ。ほら、あンにぉ〜、ほらほら」
小　吉「ほら、言ってるよ。あンにぉ〜って」
歩「わかった。昔もらったけど、食べるのもったいないって言ってるうちに腐ってしまって、でもいまだに捨てられないでいる瓶詰のキャビア？」
小　麦「違うって、そんな単純なものじゃなくてだな。ほら、アレだよ、アレ」
小　吉

コンドー君「あの、オジサン――クイズの答えなんですけど――」
小　吉「言うな。言うんじゃないぞ。オレ、今思い出しそうなんだから。納豆の横に置いてあるアレだよ。もう、ここまで、出てきてるンだから」
コンドー君『あの、答えは、『マッシマナナコ』なんですけど」
小　吉「へ？　マッシマ？　ナナコ？」
歩　麦「あの、ドラマに出てる？　CMのギャラが高いっていう？　あの女優さん？」
小　吉「マッシマナナコは、うちの冷蔵庫には入ってないよ」
小　吉「答え、人間だったのか――」
小　麦「お父さん、何だと思ってたのよ」
小　吉「いや、いや――忘れてくれ。オレの言った事、全部、忘れてくれ。オレも忘れるから」
小　麦「ヤだぁ、平田家の恥じゃない。イヤだわぁ」
小　吉「なかった事にしよう。クイズに出た事も、全部、なかった事ってことで」
歩「気持ちはわかるけどさぁ」
コンドー君「これ何だろ？」
歩「ビニール袋に小さい紙が一杯つまってるね。お母さん、何、これ？」
小　麦「さぁ、何かしら。お父さん、コレ、何ですか？」
小　吉「それは、アレだよ――紙吹雪」

歩「あ、全問正解でファイナルステージをクリアした時、天井からふってきたヤツだ」
小麦「私達の前の家族が全問正解で一千万取ったンだったわね」
コンドー君「オジサン、その時の紙吹雪、そっとかき集めて、持って帰ってきたんですか」
小吉「いや、記念になると思って。だって本物の紙吹雪だぜ」
歩「なんか、せこい」
小吉「なんで？　甲子園球児だって、負けたら土、持って帰るだろうが」
小麦「じゃあ、これも捨てるのね」
小吉「なんで？　テレビ局が使ってる、本物の紙吹雪だぜ」
小麦「だって、クイズに出た事、なかった事にしようって、さっき言ったじゃない」
小吉「あ、いや、それは、そうだけど――」
歩「お父さん――なかったことにすることないじゃん」
小麦「そーよね。皆でテレビに出るなんて、もうない事だろうし」
コンドー君「ボクも、きっと時々、思い出すと思うな。楽しい思い出として」
歩「そうそう。この先もさ、ビデオ、すりきれるまで見て、その度に皆で笑うんじゃない？」

小　吉「そうか――皆、こんな結果だったのに出て良かったと思ってくれてるんだ」
歩　吉「思ってるよ、ねぇ」
小　麦「一千万、取れなかったのに？」
小　吉「そんなの取ったら、今頃、もめてるって。これで良かったのよ」
コンドー君「そうだよな、参加する事に意義があるんだよなぁ――なんだ、なんだ。車の中で紙吹雪まいてるの、誰？　コンドー君？」
小　吉「いや、家族っていいなぁって思って。ついまいてしまいました」
小　麦「そう思ってくれる？　いや、嬉しいな。皆は、今回、クイズ番組に出るのは、オレの自己顕示欲だと思ってたかもしれないけれど、そうじゃないんだって。本当は、家族で何か一つの事をして、仲がいい事を再発見したかっただけなんだよ」
小　吉「お父さん、そんなこと思ってたんだ」
歩　「そう。こんなに仲がいいっていう所を全国の皆に、テレビ中継で、どーだッて見せつけたかったンだよなぁ」
「だから、それが自己顕示欲だって」

あとがき

※トムは、夫の和泉努。
ときは、妻の妻鹿年季子。

トム　ドラマ「平田家の人々篇」は、いかがでしたでしょうか。
とき　本来なら音で聴いてもらうものなのですが、今回は編集担当の中山真祐子さんの奮闘により、皆さんに読んでいただくことになりました。
トム　ありがたい話です。
とき　この平田家が一番最初に書いたお話ですよね。
トム　飛行機がニューヨークのビルに突っ込んだ日が締切りの前日でしたね。
とき　のんきな話を書いていたら、いつの間にかテレビに映る現実の方がトンでもない世界になっていたというか。

トム　話に出てくる千羽鶴のキットもテレビでやっていた本当の話ですからね。

とき　現実の方がはるかに、我々の想像を越えてます。

トム　「道草」でいろんな話を書いたけど、平田家シリーズは、時々、思い出したように書いていましたね。

とき　そう、ネタに詰まると、じゃあ平田家でいこうかって。

トム　「道草」の仕事を始めた二年後ぐらいに「すいか」の脚本を書くんですね。

とき　この仕事をしていたから、テレビの連続ドラマを書けたんだと思う。ラジオを書いていると、これやりたいけど無理だっていうのがありますからね。映像じゃないと絶対に無理っていうような話が。そーゆーのがたまっていた頃にテレビドラマだったので、一気に吐き出せたというか。だから「すいか」は「道草」のノリの延長みたいな感じで書いてましたよね。

トム　「野ブタ。をプロデュース」なんかも相当「道草」からぱくってます。

とき　あの時は大変だったんですよ。在宅介護を始めたばかりで。思えば「道草」のアイデアのおかげで何とか乗り切れました。

トム　じゃあ「道草」は我々の財産と言うべきものですね。

とき　そーですよ。平田家のお話の他にもいろいろ書きましたからね。

トム　ボクは、個人的にはカイシャの怪談が好きだなぁ。

とき　人情タクシー運転手の話とか、なぜか体が小さくなってしまった夫婦とか。

トム　締切りの度に、ヘンな話を二人で絞り出してましたねぇ。
とき　出るもんですなぁ。
トム　出るもんですね。
とき　この時は、他にたいした仕事をしてなかったくせに、締切りギリギリで。でも苦しかったという思い出はないですね。どの話も二人で冗談飛ばしながらやってたという記憶しかないです。
トム　だから、今でも楽しくないと仕事ができないんですよね。
とき　楽しくなるまで待つのが我々のやり方です。
トム　だから締切り守れないんですよ。
とき　このゴーマンな夫婦作家が、「道草」の第2集で愛について語ります。なんと、我々夫婦の赤裸々な姿を描いたドラマです。
トム　限定百冊ですので、今すぐ書店へ。
とき　ウソですよ。

解説　家族ごっこ

高山なおみ

夕方の空があんまりきれいなので、夫を誘って散歩に出ることにしました。木も家もブロック塀も、いつもの道なのにやけにくっきりとして見えます。ゆうべからの強い風のせいで、空気中のチリやホコリが大掃除されたのかもしれません。

公園の原っぱまで歩いたら、西の空が火事のような夕焼けでした。今にも沈もうとしている太陽に照らされた雲は、奥の奥までひだひだが刻まれ、うごめく脳みそみたいです。見ているあいだにもうつり変わるので、かたときも目が離せません。

私たちは仁王立ちになり、そのみごとな空を厳《おごそ》かな気持ちで眺めていました。

ふと、背中の方から、世にも悲しげな泣き声が聞こえてきました。サッカーのユニフォームを着た小学3年生くらいの男の子が、ボールを抱えたまま泣いています。

10メートルほど離れたところから、自転車にまたがった男が、「なんだよオマエは、情けねえなあ。そんなに簡単に泣くんじゃないよ！　男だろ？　恥ずかしくないのかよ。男はなあ、一生のうちに何度も泣けねえんだぞう。泣くヒマがあったら、練習しようとは思わないのか！」と、怒鳴っています。年のころは三、四十代、きっと少年のお父さんなのでしょう。

私は不思議でした。

どうしてふたりはこの雄大な空を仰ごうとしないんだろう。こんな夕焼け、もしかすると一生にいちどしか見られないかもしれないのに。

そりゃあお父さんは、弱虫の息子にたくましくなってほしい一心で必死なのかもしれない。けど、怒れば怒るほど、少年の素直な心も何もかも、泣き声と一緒にどこか遠くへ飛んでいってしまうのが、他人の私にさえわかるのです。

もしかするとこのお父さんは、自分の父親にもそんなふうに育てられたんだろうか。それとも母ひとりに育てられたせいで、父性がどんなものだか見当がつかなくて、ハウツー本か何かをお手本にしているんだろうか。

原っぱのはずれには、団地が建ち並んでいました。オレンジ色の光もぽつりぽつりと灯《とも》りはじめています。

あの、ひとつひとつの窓の向こうには、よその人にはわからない家族の事情が、こんがらがったコードみたいにひしめき合っているのかな。

家族なんて、とっくの昔に壊れてるよね――。

木皿さんのドラマを見たり、脚本を読んでいると、私の耳もとにいつもそんな声が聞こえてきます。

それはけっして悲壮感ただようものではなく、日向《ひなた》で風に揺れるシーツみたいに、あっけらかんとした鼻歌にも似た声です。

木皿脚本のテレビドラマ『すいか』には、時代遅れの古びた下宿で好き勝手に暮らす、4人の女たちが出てきます。育ちも、年齢も、職業も、てんでばらばらな彼女たちは、偶然のめぐり合わせでそこに居合わせました。

いやなものは見て見ないふり、得にならないことはなかったことにして、前へ前へと足並みそろえて進んでゆくのが世の中だとしたら、いちいち立ち止まって落ち込んで、傷ついてはまた起き上がる彼女たちは、不器用で面倒くさい存在なのかもしれません。それでも4人は、それぞれの毎日を送りながら、さりげなく支え合いながら生きています。

この下宿は賄《まかな》いつきなので、夕食の場面がよく出てきます。もぎたて茄子にピーマン、とうもろこしがゴロンと入った夏野菜のカレーや、川で冷やしたトマトのサラダ。ごみ箱から拾った大トロに、餃子、冷や奴、筑前煮、焼き松茸、梅干しのおにぎり、すいか……。

縁側から差し込む西陽のせいで、橙色《だいだいいろ》に染まった食卓を囲む彼女たちは、あるときは笑い合い、あきれ合い、泣いたり怒ったりして、身のまわりで起きている出来事を共有します。

その様子は、血のつながりのある家族よりも、私にはずっと家族らしく見えました。

家族って何？

私にも、ちゃんとしたことはわかりません。

もしかすると木皿さんもまた、「家族ってどういうんだっけ……」と手探りしながら、脚本を書いているんじゃないかなぁと思うのです。


さて、平田家の物語です。

ここでくり広げられる家族の会話は、なぜかいつも車の中。ある日は父と娘だけだったり、夫婦ふたりきりだったり。3人全員がそろうこともあるし、娘の同級生が加わって4人になることもあります。

場面設定が自家用車なのは、いろんな意味で凝縮された空間だからでしょうか。一話一話は短いコメディーなのに、家族の奥底にあるものまで見通されています。

娘を学校に送ろうと、今まさに発進しようとしている車の中や、スーパーに買い出しに行こうとしている道中、駐車場などで交わされる会話によると、四十代半ばの小吉（会社員）は、いちど水割りに使った氷が捨てられず、洗って冷凍庫にとっておくような心優しい小心者で、ウソをついてもすぐばれるし、だじゃれも冴えない慌てん坊。けれど、そんな夫をおもしろがる妻の小麦（同い年の主婦）にも、冷静にツッコミを入れる娘の歩にも、あんがい頼りにされているようです。そうそう、ニュージーランドに引っ越しした家族から離れ、平田家に下宿することになる、歩の同級生のコンドー君。豆知識が豊富でケンカが嫌いな彼もまた、平田家の家族の一員です。

小咄《こばなし》のように毎回必ずオチがつくのだけれど、お腹を抱えて笑っていたつもりが、いつしか切なさに包まれ涙がこぼれる。それは、彼らがいる車中に漂っている空気、温度、窓の外の景色や音までが、匂いつきで胸に入ってくるからです。クリスマス、大晦日、お正月、お花見、夏の花火……と、季節はめぐり、本の中で平田家が年を重ねてゆくさまも、味わい深い。

私はこの本を、これから何度も読むんだろうな。夏になると毎年欠かさずに見ている『すいか』のように。

私ごとになりますが、夫と出会ったとき、私は結婚をしていて、夫には前の奥さんとの間に娘がいました。

当時私は29歳、夫は33歳。夫は、私たちが出会った何日か前に、5歳のときから離ればなれに暮らしていた娘と再会を果たしたばかりでした。

つき合いはじめて何日かしたある日、商店街のはずれの神社で待っていたら、小学4年生の娘の手を引いた夫が、照れくさそうに歩いてきました。それが娘との最初の出会いです。木枯らしが吹く、冬の寒い日でした。

1年間の文通をはさんで、広島の実家から出てきた夫と暮らすことになりました。そういえば、中学校の入学式の前に、3人でセーラー服の仕立て屋さんに行ったこともあります。

中学生になった娘は、大晦日には、夫婦になった私たちのところに泊まりがけで遊びにくるようになりました。私がこしらえたごちそうや年越し蕎麦を食べ、『紅白歌合戦』で盛り上がる夜は、なんだか、身よりのない者どうしが集まって、家族ごっこをしているみたいでした。

それから何年かがたち、大学を受験することになった娘は、うちの4畳半で週にいちど開かれる夫のデッサン教室に通い、みごと合格。

大学生になった娘が、大荷物を抱えて母親のもとから家出をしてからは、5年あまりのあいだ一緒に暮らしました。

家族というのは、旅の最中にたまたま出会ったメンバーが、ドミトリー（相部屋）で寝泊まりしているようなものだと、そのころ夫がよく言っていました。

リュックには、それぞれの人生を歩むために必要な荷物が詰まっていて、基本的にはひとりで行動するのだけれど、相手のいやがることをしない、せめて1週間にいちどは3人でごはんを食べる。私たちは、そんなルールを決めました。

さてさて大学を卒業し、しばらくアルバイトをしていた娘は、バイト先で出会った同い年の男の子と結婚して、3人の子供を生みました。今は彼の田舎で4世代の8人家族。なので、娘と血のつながりはなくっても、私はおばあちゃんです。

（料理家）

【制作スタッフ】
脚本　木皿泉
演出　福島三郎
番組ディレクター　清水基之
アシスタントディレクター　中村ふよう
プロデューサー　唐島一臣・藤村裕紀・高草木恵
TOKYO FM系列　JFN38局ネットにて放送
【出演】
西村雅彦（平田小吉）・宮地雅子（平田小麦）・加
藤夏希（平田歩）・入野自由（コンドー君）

【実際に放送されたエンディング曲リスト】
「時には母のない子のように」
　放送：二〇〇一年一〇月一日〜四日
第一話「I Need to Be in Love（青春の輝き）」
　Carpenters
第二話「City Lights」Fantastic Plastic Machine
第三話「Girls Just Want To Have Fun」Cyndi
　Lauper
第四話「Raindrops Keep Fallin' On My Head
（雨にぬれても）」B.J. Thomas
「もういくつ寝ると」
　放送：二〇〇一年一二月三一日、
　二〇〇二年一月一日〜三日
第一話「Runner」爆風スランプ
第二話「Woman」John Lennon
第三話「告白」竹内まりや
第四話「生きてく強さ」GLAY
「いずれ春永に」
　放送：二〇〇二年四月一日〜四日
第一話「うれしい！たのしい！大好き！」
　Dreams Come True
第二話「桜の時」aiko

第三話「微笑がえし」キャンディーズ
第四話「空も飛べるはず」スピッツ

「二〇〇二年の夏休み」
放送：二〇〇二年八月一二日〜一五日
第一話「あー夏休み」TUBE
第二話「仮面舞踏会」少年隊
第三話「花火」aiko
第四話「少年時代」井上陽水

「コンドー君、再び」
放送：二〇〇二年九月三〇日、一〇月一日〜三日
第一話「さすらい」奥田民生
第二話「Thriller」Michael Jackson
第三話「にっぽん昔ばなし」花頭巾
第四話「君をのせて」石井竜也

「聖夜に集う」
放送：二〇〇二年一二月二三日〜二六日
第一話「Santa Claus Is Coming To Town」Bing Crosby
第二話「パール」THE YELLOW MONKEY
第三話「戦場のメリークリスマス」坂本龍一
第四話「Anyone at All」Carole King

「春うらら」
放送：二〇〇三年四月七日〜一〇日
第一話「freebird」SMAP
第二話「DIAMONDS」PRINCESS PRINCESS
第三話「田園」玉置浩二
第四話「FIRST OF MAY」BEE GEES

「お家に帰ろう」
放送：二〇〇三年七月七日〜一〇日
第一話「youthful days」Mr. Children
第二話「HOWEVER」GLAY
第三話「ビューティフル・ネーム」ゴダイゴ
第四話「家に帰ろう（マイ・スイート・ホーム）」竹内まりや

「私ウソをついておりました」
放送：二〇〇四年四月二六日〜二九日
第一話「僕はこの瞳で嘘をつく」CHAGE&ASKA
第二話「アバンギャルドで行こうよ」THE YELLOW MONKEY
第三話「どんないいこと」SMAP
第四話「桃ノ花ビラ」大塚愛

「男がふたり」

放送：二〇〇四年八月二三日～二六日

第一話「夢の中へ」井上陽水
第二話「東へ西へ」井上陽水
第三話「心もよう」井上陽水
第四話「傘がない」井上陽水

「パパは何でも知っている」

放送：二〇〇五年一〇月二四日～二七日

第一話「ゆずれない願い」田村直美
第二話「ANNIVERSARY」松任谷由実
第三話「ランニングハイ」Mr. Children
第四話「幸せの黄色いリボン」ドーン

JASRAC 出 1313677-301

ON THE WAY COMEDY 道草《みちくさ》

平田家《ひらたけ》の人々篇《ひとびとへん》

二〇一三年一二月二〇日 初版発行
二〇一七年一一月三〇日 2刷発行

著　者 木皿泉《きざらいずみ》

発行者 小野寺優
発行所 株式会社河出書房新社
〒一五一-〇〇五一
東京都渋谷区千駄ヶ谷二-三二-二
電話〇三-三四〇四-八六一一（編集）
〇三-三四〇四-一二〇一（営業）
http://www.kawade.co.jp/

ロゴ・表紙デザイン 粟津潔
本文フォーマット 佐々木暁
本文組版 株式会社創都
印刷・製本 凸版印刷株式会社

Printed in Japan ISBN978-4-309-41263-4

すいか　1

木皿泉　41237-5

東京・三軒茶屋の下宿、ハピネス三茶で一緒に暮らす血の繋がりのない女性４人の日常と、３億円を横領し逃走中の主人公の同僚の非日常。等身大の言葉が胸をうつ向田邦子賞受賞、伝説のドラマ、遂に文庫化！

すいか　2

木皿泉　41238-2

独身、実家暮らしＯＬ・基子、双子の姉を亡くしたエロ漫画家の絆、恐れられ慕われる教授の夏子、幼い頃母が出て行ったゆか。４人で暮らしたかけがえのないひと夏。10年後を描いたオマケ付。解説松田青子

やさしいため息

青山七恵　41078-4

四年ぶりに再会した弟が綴るのは、嘘と事実が入り交じった私の観察日記。ベストセラー『ひとり日和』で芥川賞を受賞した著者が描く、ＯＬのやさしい孤独。磯﨑憲一郎氏との特別対談収録。

野ブタ。をプロデュース

白岩玄　40927-6

舞台は教室。プロデューサーは俺。イジメられっ子は、人気者になれるのか?!　テレビドラマでも話題になった、あの学校青春小説を文庫化。六十八万部の大ベストセラーの第四十一回文藝賞受賞作。

ノーライフキング

いとうせいこう　40918-4

小学生の間でブームとなっているゲームソフト「ライフキング」。ある日、そのソフトを巡る不思議な噂が子供たちの情報網を流れ始めた。八八年に発表され、社会現象にもなったあの名作が、新装版で今甦る！

不思議の国の男子

羽田圭介　41074-6

年上の彼女を追いかけて、おれは恋の穴に落っこちた……高一の遠藤と高三の彼女のゆがんだＳＳ関係の行方は？　恋もギターもＳＥＸも、ぜーんぶ“エアー”な男子の純愛を描く、各紙誌絶賛の青春小説！

著訳者名の後の数字はISBNコードです。頭に「978-4-309」を付け、お近くの書店にてご注文下さい。